W0203409

AMBIANCE GARANTIE

XAVIER BRIEND

—

Vit et travaille en région parisienne.

DISTRIBUTION HACHETTE LIVRE
DILICOM 3010955600100
ISBN 978-2-37177-581-7
ISSN 2417-7954

© 2019 Xavier Briend & éditions Publie.net

PRÉPARATION ÉDITORIALE
Guillaume Vissac

COUVERTURE & MISE EN PAGES
Roxane Lecomte

Dépôt légal : juin 2019
© papier+epub, marque déposée des éditions Publie.net
La version numérique de ce livre est incluse.
Reportez-vous en fin d'ouvrage pour y accéder
sans surcoût.

IMPRIMÉ EN FRANCE PAR
Lightning Source

XAVIER BRIEND

AMBIANCE GARANTIE

à Jihane

1

C'était une de ces matinées où l'on se plaît à flâner dans les bois à deux, à en deviner les subtiles senteurs, à s'échanger des petits regards en coin et des paroles radieuses, sans oublier les petits sourires, bien sûr, bien sûr, le tout dans une ambiance bucolique qui rime bien, comme chacun sait, avec idyllique. Mais on peut aussi se retrouver seul, en fin de semaine, mettons un vendredi matin, dans une Renault Scenic bleu métallisé roulant au milieu de l'autoroute A4 à guetter la sortie 2.

Et c'est l'usine rectangulaire qu'on aperçoit maintenant au loin, on passe la rocade, on emprunte la nationale bordée de grandes enseignes qui vous proposent des lits pas chers du tout pour « vivre des moments inoubliables », vous invitent à découvrir « notre sélection d'articles de sports » pour le printemps ou encore à partager des seaux de « vrais morceaux de poulets » si vous avez une petite faim. Sans oublier les promotions sur « une large gamme de nos canapés » histoire de se décontracter un peu.

Nouveau rond-point, puis à droite, encore à droite, l'entrée privée et le salut au vigile sans sourire, encore dix mètres. Parking. Nous y voilà. Non pas que ça le mette en joie Ed, parce qu'il s'appelle Ed, Ed comme Édouard suivi de Crémieux comme « crème mais en mieux », disent ironiquement les ouvriers dans son dos, mais c'est son travail et, comme il dit toujours... Non, en fait, il ne dit rien, il scrute, il commande, il vérifie, il inspecte. Édouard Crémieux est contremaître dans l'entreprise Valmor et, à propos d'ouvrier, il y en a justement un, l'air un peu louche, qui traîne sur le parking. Ed ne voit pas bien qui c'est car il est de dos, à une vingtaine de mètres et à moitié caché par une voiture. Ed va aller voir ça de plus près, croyez-moi ! Et voilà, mais alors ça, ça m'étonne pas du tout ! Vous croyez quoi, Combes ? Que c'est une porcherie ici ou quoi. Mine mauvaise dudit Combes. Vous mangez sur le parking et vous laissez vos déchets (il a failli dire « saloperies ») ici. Vous allez me faire le plais… mais avant qu'il n'ait fini sa phrase, Ed, le fameux Combes se baisse, ramasse l'emballage triangulaire de son sandwich au thon (« garniture généreuse ») tout en disant que ça va, ça va, ça va pas commencer de bon matin non plus. Vous savez que je suis aussi le garant de la propreté ici, intérieur ET extérieur, déclare Ed tout droitement. Là, il ne dit plus rien, Combes.

Dans la scène suivante, Ed entre dans l'atelier tout ragaillardi par ce petit succès d'autorité. Attention, je n'ai pas dit qu'il était de bonne humeur, du genre prêt à sourire et pourquoi pas serrer la paluche de tous les ouvriers du coin pendant qu'on y est, non, non, mais il se sent bien, il se sent le contremaître qui aime l'ordre et le travail bien fait. Une sorte de justicier moderne droit dans sa blouse blanche qu'il s'apprête à porter. Il se sent Ed. Mais à peine se sent-il Ed (dans l'atelier) que justement l'épreuve de l'ouvrier qui n'a pas mis ses chaussures de sécurité commence. Commence par un « Vernieux, vos chaussures de sécurité, c'est en option ? », se poursuit par un plaisant « chef, j'allais les mettre, j'y vais là » et se clôt crémieusement par un « j'espère bien » au regard sévère, un « on n'a pas payé la formation-sécurité pour rien » sans oublier le final « mais vous passerez me voir tout à l'heure ». Ed poursuit son petit tour d'atelier, aperçoit quelques retardataires qui vont entendre parler de lui tout à l'heure, visite les moindres recoins avec un intérêt quotidien toujours certain et rejoint enfin sa belle salle de bureau vitrée donnant sur tout l'atelier.

Quelque temps plus tard, alors que notre contremaître était passablement satisfait de ce début de matinée, il voit un dénommé William Delalande qui n'a rien à faire ici et qui à tous les coups va encore venir se plaindre de telle pièce, poser une question sur un process ou que sais-je encore. C'est toujours pareil avec ce type de type, se dit Ed en souriant malgré tout car il aime bien les petites trouvailles langagières. Mais ce qu'il voit, là, c'est Delalande discutant à présent avec Maillard et il n'aime pas trop ça. Il n'a rien à faire ici, se répète-t-il pour retarder le moment où il devra bien s'avouer qu'il faut y aller, aller le voir et Ed, tout contremaître qu'il est régnant sur l'atelier, est un peu craintif sur ce coup-là.

Mais, attendez, le voilà qui fume ! Delalande fume alors que c'est strictement interdit ici ! Emporté par son élan légaliste, le contremaître Crémieux sort alors vivement de sa salle vitrée où il vient de terminer le planning d'outils à caffuter et fonce sur ces deux bavards qui ne vont plus l'être dans un instant. Celui qui est ouvrier l'aperçoit, fait mine de continuer son travail en baissant un peu la tête et celui qui est à l'essai depuis moins de deux mois à l'étage du dessus, dans un « open space » qui n'a rien à voir avec l'atelier, le fixe en tirant virilement sur sa clope, baby. Mais il n'y a pas de babies ici, il y a juste Ed qui va encore venir faire son petit chef et ça va encore mal se passer. Ed, lui, ne se dit plus rien, tout concentré qu'il est à marcher bien vite entre des machines que je serais bien en peine de vous décrire (déjà le terme « caffuter »...). William pense alors qu'il en a assez de tous ces protocoles débiles qui ne servent apparemment à rien et que défend bec et ongles ce contremaître maintenant devant lui. C'est ce qu'il va lui dire, tiens. Mais avant il entend ceci : Il faut encore et encore vous rappeler qu'il est interdit de fumer ici. Comme si vous ne le saviez pas, Delalande.

Delalande ne dit rien. N'importe comment, vous n'avez rien à faire dans l'atelier. Ce qu'il peut m'agacer, m'agacer ce Delalande qui ne l'écoute pas, qui fait semblant puis qui lui répond tout de même de le lâcher. Tu comprends, Ed ? Ed tout décontenancé d'être ainsi traité, devant un de ses ouvriers qui plus est, ne dit rien. Pâle devient son visage, raide son petit corps (surtout au niveau du dos) et tremblante sa main droite.

William lui demande aussi, pourquoi, mais pourquoi donc c'est l'ancienne carte qu'on met encore dans cet engin, tout en la lui montrant. Pourquoi est-ce qu'on ne lui avait pas dit ? Ce n'est pas du travail, ça, c'est une cause perdue, ce boulot. Une cause perdue répète-t-il à Ed. Une cause perdue ?, répète Ed un peu sonné après avoir amèrement constaté qu'il ne détenait pas le monopole de la parole injonctive. Mais de quoi parle ce maudit Delalande qui se met maintenant à balancer la carte comme si on était à un concours de lancer de frisbees ?

Ed ne dit toujours rien, ce qui n'empêche pas sa bouche de s'entrouvrir. Des mots comme « dingue » ou « vraiment dingue » en sortent jusqu'à ce qu'une phrase énonçant qu'il le paiera, Delalande, se forme. Mais Delalande annonce que si on est prêt à le payer pour faire du sale boulot, on peut jeter le matériel tant qu'à faire, non ? Puis il s'énerve, il dit qu'on perd trop de temps, il se met à crier que c'est de la merde, tous ces engins, vous ne comprenez pas ? De la merde tout ça. Ed demande pourquoi, pourquoi vous dites ça, Delalande ? On croirait que c'est fait exprès, qu'on ne sache rien. On ne sait rien, on continue, depuis deux mois que je suis là il y a toujours des problèmes. Pourquoi on continue comme ça ? Vous ne croyez pas que ça pourrait être mieux ? Ed dit qu'il n'a pas le choix. Vous êtes payé pour faire votre travail là-haut, Delalande, et puis vous vérifiez ces appareils si on vous le demande. Ed s'énerve aussi. Vous entendez ? On ne vous paie pas pour donner votre avis sur les process de fabrication, vous m'écoutez ? Mais, comme l'innocent Delalande ne connaît rien des techniques de gestion moderne qu'il subit, il lui dit que non, c'est pas vrai, ça ne rime à rien. Je serais bien plus efficace si… Laissez tomber… Écoutez, Delalande, vous allez mais Delalande le coupe et dit que non, c'est toi qui vas m'écouter maintenant, Crémieux. Tu crois quoi ? Ça te plaît, à toi, de travailler comme ça ? Delalande, qu'il répète, on n'est pas là pour discuter alors maintenant vous retournez à votre poste, là-haut. Mon poste, mon poste. J'en ai pas de poste. Vous voyez pas que je suis bien plus utile ici. À améliorer ce qui se fait là-haut. Je ne veux plus discuter avec vous, Delalande. Moi non plus, Crémieux, je ne veux plus discuter avec vous. Je ne vous ai rien demandé. Occupez-vous de faire le petit chef avec vos ouvriers. Foutez-moi la paix. Je ne vous permets pas, vous allez… Je vais appeler Madame Garnier, dit désespérément Édouard Crémieux.

Madame Garnier ?

Madame Garnier

Madame Garnier, prénommée Mathilde, est une jeune femme d'environ 35 ans extrêmement raffinée, ou se croyant telle. Née dans une modeste quoique fort sympathique famille d'un département de l'Est de la France connue notamment pour sa cancoillotte dont Thiéfaine dit que c'est tout un art et qu'il ne faut rien laisser au hasard, Mathilde Garnier a toujours été une brillante élève, remarquée tant pour ses très bonnes notes que sa bonne humeur et son esprit d'équipe. Au collège de Gray, on se souvient encore de sa fraîcheur, de son allant et de la sympathie qu'elle inspirait. Ah, c'est peu dire qu'on se plaisait à la côtoyer dans une ambiance toute franc-comtoise. Nul besoin de mentionner ici les ateliers auxquels elle participait pour « façonner les images » des héros autochtones ou encore quand elle faisait la promotion de quelques fromages du cru dont on put voir les photographies sur de grands panneaux légendés et accrochés dans le hall d'accueil du collège un jour de novembre 1996. « À l'occasion de cette exposition, quelques spécialités locales confectionnées par des parents seront vendues au profit du foyer socio-éducatif. » Nul besoin, non plus, d'évoquer ses danses folkloriques effectuées les mercredis après-midi dans une salle dédiée à cela, quelque chose entre la MJC d'antan et l'actuel centre de loisirs. Nous dirons seulement que, quelques années plus tard, c'est munie d'un baccalauréat mentionné « bien » qu'elle put intégrer une école de commerce à l'acronyme flatteur pour y poursuivre de prestigieuses études hélas entachées d'une éprouvante histoire d'amour à Auxonne (quelques jours) qui ne l'a cependant pas empêchée d'en ressortir presque major (de l'école).

Soucieuse de se donner une solide expérience dans plusieurs domaines mais aussi curieuse, sportive, douce, sensible, attentionnée, je suis une épicurienne qui croque la vie, j'aime le sport, les Monthy Python et la mythologie grecque. En fait, je suis à la recherche d'une relation stable et durable basée sur la complicité. Voilà, c'est dit ! Je suis attentionnée et prête à franchir le pas, à partager mes émotions, car partager c'est s'ouvrir aux autres, c'est donner et ne rien attendre en retour, c'est marcher sur le même chemin et être sur la même longueur d'onde, c'est s'aider, c'est aimer et être aimé, c'est se surprendre, c'est sortir et faire les choses ensemble, c'est passer des soirées en famille et entre amis, c'est se projeter dans l'avenir, bâtir l'amour sur des fondations solides, se respecter mutuellement, et j'en oublie peut-être. Voilà ce que je pense du couple. Et toi, qu'attends-tu exactement d'une femme ? Si tu as moins de trente ans, une bonne situation et des projets, si tu penses pouvoir me surprendre en partageant des moments complices et coquins, alors contacte-moi ! Plan d'un soir ou faux profils, passez votre chemin.

Toutefois, avant de vivre pleinement des « moments complices et coquins » et attentive à « évoluer dans plusieurs domaines porteurs », Mathilde Garnier a travaillé trois ans dans l'import-export, effectuant ainsi de nombreux voyages à l'étranger afin d' « étoffer son expérience ». Puis, dans un désir bien compréhensible de stabilité, elle trouva ce poste de

« directrice qualité » sis à l'entreprise Valmor où elle rencontra rapidement le pétulant Nicolas Colas avec lequel elle ne tarderait pas à vivre pleinement ces fameux « moments complices et coquins » aboutissant à une reproduction sexuée de leurs petits êtres avant de faire une pause dans le « déroulé » de sa carrière.

Mais nous n'en sommes pas là. Pour l'instant, Madame Garnier est toujours « directrice qualité » et à ce titre la N+1 de William Delalande, ce qui permet à Ed de dire que, si ça continue comme ça, il va appeler Madame Garnier. Vous comprenez, Delalande ? Non, Delalande ne comprend pas ou ne veut pas. Il fixe Ed. Ed répète : « Appeler Madame Garnier ». Mais ces mots n'ont aucun effet dans une tête williamesque bien dirigée contre un Crémieux qui lui précise en outre qu'il n'est ni son chef, ni son collègue, ni rien. Alors foutez-moi la paix, Delalande. Vous entendez ? Foutez-moi la paix et restez là-haut, pas besoin de vous ici. William Delalande est toujours face à lui, ne dit rien, le fixe toujours méchamment, ses lèvres crispées, son air taiseux, inquiétant et… Oh, non ! Regardez ! Voilà qu'il prend Ed par le col… ! Regardez, regardez DELALANDE PREND ED PAR LE COL ! Tous les ouvriers se tournent en même temps vers ce grand type, un ingénieur ou un technicien, on n'a jamais vraiment su, un type assez sauvage en tout cas, qu'on craint un peu, et on a bien raison parce que voilà qu'il soulève Crémieux, les gars !

Il le traîne contre le mur, au fond de l'atelier, Crémieux recule tant bien que mal, manque de tomber, s'agrippe, tremble, tente de se retenir, d'empêcher Delalande de le pousser, mais allez arrêter un type comme lui. Enfin, il arrive sur l'autre mur, au bout de l'allée, et Crémieux est plaqué ! Delalande le soulève et il l'accroche, non mais j'y crois pas, il l'accroche carrément sur le portemanteau ! De loin, on voit une tête édouardienne de plus en plus rouge, des bras tout raides tirés par la blouse bien tendue et regardez donc ces jambes comme des petites pattes qu'arrêtent pas de bouger. Qu'eu-ce-queu-c'eu ! Qu'eu-ce-queu-c'eu ! Qu'eu-ce-queu-c'eu ! Deucreucheu-meu deu leu ! qu'il dit. Il panique, il va nous faire une crise, le pauvre Ed. Il y en a bien un qui va te décrocher de là, non ? Des volontaires ? Il y aura bien une récompense ! Balance des RTT, Ed !

Delalande, lui, c'est sa blouse blanche qu'il balance (avec le panache d'un héros de roman). Il marche, il remonte victorieusement l'allée en contre-plongée où, nous autres, on n'a rien raté, mais alors rien du tout, du spectacle ! En espérant quand même que Crémieux ne va pas se venger sur nous ! On le connaît, le Crémieux, c'est d'abord des petites choses sans importance qu'il repère, la position pas conventionnelle, le protocole pas complètement respecté, la tenue négligée. Il vous laisse tranquille mais il fait toujours des petites remarques. Comme si de rien était, le vicelard. On l'entend aussi vicelardement parler de « mises à pied pour moins que ça », de « pas pouvoir payer le crédit », des « il va entendre parler de moi ». Il essaie toujours de nous faire peur, toujours à nous faire des remarques en douce. Il est vicieux, ce Crémieux, je vous le dis. Quand je pense comment on a bien rigolé à le voir gigoter sur son portemanteau !

On l'a tous regardé partir, Delalande. Il a traversé l'atelier, il est sorti par la porte du fond, celle en métal, qu'il a fait claquer comme pour indiquer que c'était fini. Nous autres, on n'a plus rigolé, on ne s'est même pas regardés, on n'avait plus qu'à continuer de bosser. C'est comme ça.

À l'extérieur, sur un perron en béton bordé de barres de sécurité rouge vif, une porte en métal s'ouvre et claque bruyamment contre le mur en briques et c'est notre grand brun, technicien ou ingénieur à Valmor qui rime avec devinez quoi, c'est le fameux William Delalande, toujours pas content, vraiment pas content, qui sort. Il sort, il met son veston noir et il descend brutalement les trois pauvres marches qui n'ont rien fait. Il s'arrête un instant pour s'allumer une petite cigarette et fixer pendant un autre les alentours comme s'il allait se passer quelque chose dans ce paysage industriel et désespérant. Puis, ayant peut-être constaté qu'il ne s'y passait jamais rien, il marche, bien décidé à ne plus revenir ici (ah bon ?), il marche, sans se retourner (où va-t-il ?), déjà deux mois ici, l'essai est suffisant (sûr ?), lui, ce qu'il veut, c'est autre chose (quoi ?), « un métier qui ait du sens » (on connaît), il pense à l'Aveyron (il veut devenir berger ?), à son adolescence (quel rapport ?). Ou peut-être non, il ne pense à rien, toujours en colère, la tête haute, le regard droit devant lui, le visage renfrogné en forme d'étrave brisant l'air printanier mais tout de même un peu frais de cette fin de matinée où l'on entend également l'autoroute A4 en arrière-fond sonore.

Il cesse de marcher et, à cet instant très précis, en un ralenti très très cinématographique, il se passe la main dans les cheveux.

2

Mais dépêche-toi, dépêche-toi, tu vas encore être en retard, et tu réponds : Ouais c'est bon et ton père te regarde, l'air pas trop jouasse, ne dit trop rien, ses vagues et habituels grommellements mis à part, et tu ne te sers pas en céréales dans le joli bol breton à ton prénom fabriqué en Asie parce que tu n'as pas faim, vraiment pas, juste un verre de jus d'orange À consommer de préférence avant le : voir sur le haut de l'emballage que tu bois debout, encore à moitié endormie, et le jardin depuis longtemps à l'abandon une seconde entrevu par la fenêtre, et le temps ensoleillé sur la majeure partie du pays entendu à la radio, et puis le « Bon bah j'y vais moi » pas trop motivé, puis la cuisine quittée, la maison quittée, bientôt le lycée.

Et puis, c'est la fin de l'après-midi et la porte d'entrée claque et on reprend tout autrement.

D'abord, elle entre vivement dans la cuisine et prend par poignées les céréales dans le paquet puis déboule dans le salon où ses parents sont d'apparence paisible, ce qui ne va pas durer bien longtemps puisqu'elle se met à crier qu'elle ne veut plus y aller, plus du tout y aller, au lycée. Gançon, sa prof principale, la saoule, son emploi du temps la saoule, ses cours la saoulent. Tout me saoule ! En fait, ce qu'elle voudrait, c'est être avec Anthony.

Elle revoit Anthony, ses cheveux courts, blonds, Anthony, ses beaux yeux marron, Anthony, son regard déterminé mais doux, Anthony, la première fois qu'elle l'a vu, c'était dans l' « espace-études », sous le grand escalier du hall, là où tous les élèves de terminale peuvent travailler, elle s'en souvient bien, elle était avec deux copines, Aurélie et Wendy, elles vont s'assoir là, pas trop loin d'Anthony et ses potes, mais elles n'y font pas attention même si elles ne viennent pas vraiment ici pour travailler, plutôt pour discuter, pas trop fort, il y en a toujours qui râlent, qui disent que… Et puis elle l'a vu. Au milieu des rires et des discussions, au milieu des exercices de physique et de SVT, des élèves concentrés ou pas, avec le grande baie vitrée mais pas trop illuminée en arrière-plan, elle l'a vu. L'a saisi, l'a capté. Bref, comme dit Aurélie, c'était le gros coup de cœur.

Mais là, dans le salon, c'est ton père pas trop détendu qui démarre : Qu'est-ce qu'il y a encore, avec le lycée, hein ? « Hein », c'est bien lui, ça, à répéter des « hein », « hein », « hein », « T'es pas bien, hein ? », avec cette manière bien à lui aussi de sortir ces vieilles phrases, et puis regardez-le avec sa salopette, avec son sale air méfiant et agressif, « T'as encore un problème, hein ? », pas content, hein, jamais content, hein, toujours prêt à te critiquer, « Tu veux rien faire, hein ? », « hein » qu'il répète sans arrêt comme un perroquet, mais on dirait plutôt un vieux singe tout poilu (sauf le crâne), hein vieux con, oui, avec ses pauvres idées, ses pauvres expressions, toujours là, toujours prêt à te les envoyer en pleine face.

Parce qu'il ne veut pas y croire, lui, il ne veut pas que ça se passe comme ça, lui, il ne t'a pas prévu ça, lui. Il te l'a toujours dit, les études, ma fille, les études. Et on le lui a tellement répété qu'il te le répète et il te regarde et il te répète « hein », « hein » et « hein » et il crie : Comme ça, tu veux plus y aller, hein ! C'est ce que tu lui as dit, osé lui dire, toi, sa fille, sa fille qui l'énerve, hein !, qui l'énerve, qui a le don de m'énerver après tout ce qu'on fait pour elle, les sorties jusqu'à pas d'heure, le portable qui sonne tout le temps, les « maman, tu peux m'avancer dix euros ? », tu parles, mais les notes, là, y a rien, ou alors c'est des remarques des profs et maintenant tu veux arrêter le lycée. Il se tait d'un coup pour bien montrer tout le malheur du monde qui tombe sur lui, lui qui ne mérite pas ça, lui qui se reprend, qui gueule qu'il ne mérite pas ça, qu'il s'échine à travailler pour nourrir sa famille, à vous faire vivre et qu'il en a ras le bol. Hein !

Aurélie, elle y arrive pourtant bien, elle ? Là, c'est ta mère qui intervient, qui tente de calmer le jeu. Car Aurélie, elle, elle y arrive bien, c'est vrai, Aurélie, elle, elle y arrive toujours, elle a des projets, Aurélie, elle, elle veut faire un BTS, un BTS « tourisme » au minimum, Aurélie, elle, elle se voit partir à l'étranger, elle, elle vise des études supérieures, Aurélie, elle, elle se voit déjà… Ah, Aurélie, c'est l'exemple à suivre pour vous, Aurélie c'est la bonne copine qui rapporte des bonnes notes, qui écoute sa petite maman chérie, qui est « responsable », qui ne sort pas « jusqu'à pas d'heure », comme il dit, le grincheux à salopette, mais si seulement ils savaient, si seulement… Elle pense à la soirée à Montfermeil, à Hakim avec le Red Bull et la vodka, la grosse teuf chez Delphyn aussi… si seulement vous saviez… Et elle sourit et elle répond juste : Oui, mais moi je veux faire aut'chose. Autr-eu-cho-seu, c'est ce que je veux, vous comprenez ?

Je vais me marier avec Anthony ! dit-elle soudainement, tout en pensant juste après que ce n'est pas comme ça qu'elle va arranger les choses. Mais ça y est, c'est dit, alors elle sourit, contente d'elle, elle veut s'en persuader. Elle observe ses parents stupéfaits, leur sourit davantage comme pour les encourager à sourire, pour les persuader eux aussi, pour les apaiser et qu'on parle un peu d'avenir, allons ! Un autre avenir est possible ! Un avenir qu'elle envisage avec Anthony, sans lycée et avec de l'argent. Parce qu'il a de l'argent, Anthony, c'est sûr. Son père est directeur d'agence immobilière. Elle dit : C'est une bonne nouvelle, non ? Vous allez pas m'en faire encore toute une histoire. Vous vous êtes bien mariés, vous.

Il était une fois deux jeunes amoureux qui se marieraient. Ils arriveraient dans une belle salle de mairie lambrissée en se tenant par la main, le parquet craquerait parfois un peu et tout le monde sourirait. Le maire, un jeune homme affable et extrêmement élégant, avec une tronche de gendre idéal et récemment élu sous une étiquette gauche-centre-droite pour faire plaisir au patronat du coin, les verrait arriver sous les meilleurs auspices. Une fois tout ce petit monde installé et les dernières toux calmées, le jeune maire taperait un peu dans le micro, certains tiqueraient un peu, une canne tomberait, un rayon de soleil éclairerait la tête chauve du tonton sur la droite. Le maire regarderait alors nos deux jeunes pleins d'avenir avec la bienveillance de ceux qui croient savoir et dirait : Qu'est-ce qu'on va faire de toi, hein ? D'une fille comme toi ? Tu n'es plus une gamine, hein. Un mariage, non mais c'est pas vrai ça… Tu peux pas travailler comme les autres et avoir ton bac, hein !

Ses grands yeux verts à elle sont un peu tristes, sa jolie petite figure n'est plus très malicieuse et regarde-moi ce blouson bien trop grand pour toi, entend-elle enfin. Elle regarde ce blouson bien trop grand pour toi et la suite arrive : Il est à qui, ce blouson d'abord ? Elle repense au frère d'Aurélie mais elle ne dit rien. C'est un blouson de garçon, ça ? J'aurais dû m'en douter quand je t'ai vue avec en arrivant. Il est à cet Anthony, c'est ça, hein ? hurle son père qui s'intéresse décidément à tout.

Elle regarde sa mère qui regarde par la fenêtre. Elle s'allume une petite roulée et elle dit qu'Antho… mais son père lui coupe la parole. On ne fume pas dans la maison, tu le sais bien. Et puis fumer, à ton âge. Je croyais que j'étais plus une gamine, dit-elle, et elle tire sur sa cigarette et elle dit qu'il est obligé, Anthony, de l'épouser. Parce qu'elle attend un bébé. Et puis elle se lève. Un bébé ?

3

Tandis que William Delalande se passe la main dans les cheveux, on entend du chahut depuis le bas de l'escalier où l'on retrouve notre Christelle. Sa mini-jupe rose, son blouson trop grand pour toi, ses cheveux blonds, bouclés, chatoyants et volumineux, ses yeux verts, ses beaux yeux verts, ses lèvres roses, ce franc sourire touchant. Ah, Christelle. C'est notre Christelle ! Elle a le visage levé vers la bande de jeunes footballeurs qui descend l'escalier, certains se tiennent à la rampe jaune, et elle, qu'on voit maintenant de dos, elle, elle attend, elle frétille, elle s'impatiente. Ses longs cheveux tombent langoureusement sur son blouson trop grand pour toi, son sac rose ridicule pendouille joyeusement, ses jambes remuent nerveusement. Elle entend des bruits virils, des rires, des éclats de voix et six jeunes mâles passionnés de football, un peu plus silencieux quand ils l'aperçoivent, passent derrière elle comme si elle n'existait pas.

Mais elle s'en fiche, Christelle, elle est venue pour lui, Anthony, rien que pour lui alors le reste. D'ailleurs c'est lui qu'elle devine, qu'elle entend maintenant en haut des marches, elle entend sa voix, elle entend ses pas. C'est lui, c'est lui au premier et il descend les marches deux par deux, la tête baissée et il va bientôt être là, près de toi, Christelle. Alors, vite, vite, elle va sortir d'ici, sortir du gymnase, vite elle se retourne vers le couloir, elle court, elle dépasse d'autres vestiaires sur sa droite et puis c'est bientôt la porte en métal. Ça y est, elle est dehors.

Elle va aller se planquer vite fait derrière le petit arbre que voilà, juste à quelques mètres de la barrière blanche de sécurité du stade. Elle regarde la porte en métal du gymnase mais toujours pas d'Anthony. Elle attend, elle attend, parfois elle se tourne, s'appuie sur l'arbre en regardant vers les tribunes vides et elle s'imagine un instant un match de foot. Anthony aurait le ballon, il courrait, courrait, le défenseur arrive mais il dribble, un autre joueur adverse reprend le ballon mais Anthony est rapidement devant lui et il récupère le ballon et c'est le but, Christelle. C'est le but et la foule se lève, et ce sont des hurlements, et ce sont des cornes de brume dans les tribunes vides.

Elle se retourne, elle le voit, immobile près de la porte en métal, il téléphone. À qui ? Une fille ? Sa mère ? Un copain ? Il raccroche, il vient par ici. Il porte son sac à l'épaule comme un sportif de haut niveau, le buste droit, le visage anguleux, la coupe courte, et imaginons même une contre-plongée pour plus d'effet. Quelle surprise, ça va être, quand il va la voir ! Pourtant, Christelle a l'air ennuyée. Elle a même l'air de se demander ce qu'elle va bien pouvoir faire. Comment ça ?

En tout cas, il faut faire quelque chose mais quoi ?, se demande-t-elle. Je ne sais pas, moi. Va le voir, tu es venue pour ça, non ?, dirait Aurélie. Invente un truc, le lycée, non pas le lycée. Voyons voir. Le coup de la cigarette ? Non, pas le coup de la cigarette. Qu'est-ce-que je pourrais bien lui dire ? Elle attaque, elle y va comme ça, elle improvisera. Ils se croisent, il la regarde un instant et là… Là ? Eh bien, rien… Comment ça, « rien » ? Elle était pourtant prête à se lancer, à lui dire que…, à lui dire n'importe quoi, la première chose qui te passe par la tête, Christelle. Le stade, là, tu as vu comme il est bien vert ? Le stade ? Tu as vu le stade ? Euh, comment il est bien vert, le stade… Il se serait alors retourné, il aurait regardé le stade bien vert puis se serait re-retourné vers elle avec un air interrogateur et, avant qu'il ne lui demande si on se connaît, elle aurait poursuivi par autre chose parce qu'il n'y a que le premier pas qui coûte, comme dit son père, mais là elle ne dit rien, elle ne fait rien et elle ne pense surtout pas à son père, hein ! Ils se sont juste regardés un instant lorsqu'ils se sont croisés. Juste un instant. Et puis rien. Rien du tout. RIEN ! Elle est déçue, triste, énervée, un mélange de tout ça. Elle pensait peut-être que d'avoir énoncé ses petites envies à ses parents tout à l'heure, celles-ci auraient vite été satisfaites. Grave erreur, Christelle ! Mais j'abandonne pas comme ça !, pense-t-elle. Elle est certes un peu triste et nerveuse mais volontaire et décidée. C'est notre Christelle !

Allez, rien n'est perdu, se dit-elle d'ailleurs et, aussitôt sortie de ce maudit stade, elle appelle sa chère Aurélie qui lui rétorque qu'il faudrait qu'elle lui rende le blouson de son frère parce que ça fait depuis hier qu'il… mais Christelle dit : Oui, oui, je sais mais, écoute, tu sais pas qui je viens de croiser au stade, oui, au stade près de la piscine… Exactement ! Oui, lui. J'ai voulu le… J'ai pas pu… Je savais pas quoi ! Bon bref, comment je pourrais faire pour… C'est urgent, vraiment je sais pas, je… Alors Aurélie, avec son habituelle et sympathique décontraction cesse de lui couper la parole, l'écoute un peu plus puis l'informe que, justement, il y a Tarik qu'elle connaît, Aurélie, qui est invité à une soirée chez Annabelle ce soir où est invité devine qui ? Devine qui ?! Ce soir ? Non ?! Si ! C'est pas vrai ?! Je te jure que si, il me l'a dit. En plus je voulais trop y aller. Je vais appeler Tarik, on y va ensemble ? Non ? Si ! Si bien que, le soir même, aux alentours de vingt heures, Aurélie et Christelle sont sur le palier devant la porte d'un appartement parisien 100 % fête garantie sans parents.

Elles ont sonné il y a maintenant un peu plus d'une minute et Christelle regarde la porte pour calmer son excitation. C'est une porte standard en bois, vous savez, de ce bois un peu rugueux et souvent plein de nœuds, un bois repeint d'une peinture bordeaux sur un ancien beige. J'ajoute, pour celles et ceux que ça intéresse, que, par endroits, le bois s'effrite et des petits trous bien visibles apparaissent qu'on tentera en vain de combler avec de la pâte à bois qui ne prend pas. Une fois le problème de la pâte à bois résolu avec un durcisseur adéquat, on peindra tout ça en un vague bordeaux qui deviendra de plus en plus vinasse avec le temps mais on n'aura pas oublié de mettre un pommeau doré au centre de la porte pour faire classe, pommeau doré qui sera patiné par l'usure du temps, par toutes ces mains qui l'empoigneront et, selon une moyenne basée sur la fréquence quotidienne, je dirai qu'une cinquantaine de mains l'ont touché ce soir, ce pommeau, même si c'est exceptionnel, ce soir. Exceptionnel !

Christelle s'approche alors du pommeau, elle l'observe plus précisément, elle n'a que ça à faire, elle se demande si ça va être exceptionnel, ce soir, puis elle y voit leurs visages arrondis, celui d'Aurélie, lointain, en l'air comme si elle regardait le plafond avec l'escalier derrière elle tout tordu, son visage à elle est énorme, elle s'apprête à dire à Aurélie que… mais la lumière s'éteint. Putain mais c'est où le truc ?, dit Aurélie qui a temporairement perdu ses bonnes manières. Elle voit une petite lumière orange d'intensité variable sur laquelle elle appuie. Elle dit : Fiat lux parce qu'elle a pris l'option latin et elle en profite pour resonner. Elles entendent toutes deux la sonnerie, la musique, les rires, les conversations dans ce toujours même chorus indistinct dont elles aimeraient rapidement faire partie mais toujours aucune ouverture de porte n'est à signaler.

Aurélie dit : Mais ils entendent rien ou quoi. Aurélie frappe, cette fois. Rien. Elle refrappe, plus fort. Encore plus fort, avec les poings. Défonce pas la porte, lui dit Christelle et elles rigolent toutes les deux et Aurélie lui dit que si. Comment je vais la défoncer la porte et comment on va entrer non mais sérieux ils vont tous halluciner quoi. Moi je leur dirai qu'ils sont sourds ou quoi wesh ça fait une heure qu'on est là. Vous êtes sourds ou quoi sérieux. Après on va leur mettre la misère en dansant t'imagines même pas ! Ça va être un truc de ouf, ça va être trop la bonne ambiance et la porte s'ouvre enfin sur une inconnue. Aurélie et Christelle voient quelques couples qui discutent dans l'entrée. À la fille qui leur a ouvert, Aurélie dit : Salut ! Elle est là, Annabelle ? À gauche, c'est le salon où ça danse moyen, ça discute un peu, ça picole pas mal. À droite de l'entrée, de l'autre côté, c'est la cuisine où c'est aussi bien rempli dans un autre genre. Oui, vous me suivez ?

4

Quelques heures plus tôt, on vit une porte blanche sans pommeau s'ouvrir sur un William dont on ne put pas vraiment dire qu'il fût calme. Il entre, il semble angoissé, nerveux, mal à l'aise. Ses mouvements sont drôlement vifs, gauches, saccadés. Il fait même tomber ses clés ! Pourtant, à mesure qu'il s'éloignait de Valmor, il souriait de plus en plus, de plus en plus heureux, il faisait beau, il y avait un léger vent et il n'avait plus de boulot. Allons fêter ça « Chez Denise » ! Mais non, non, pas tout de suite. Rentrons d'abord à la maison, se dit-il, ce qui le fit nettement moins sourire mais il faut bien passer par là, mon brave William. Pour se donner de l'allant, il s'imagina le petit discours qu'il allait faire à son père. Voilà, il commencerait par dire que tout ça est bel et bien terminé, papa. L'usine Valmor, ses chefs, ses projets débiles et imbitables. Imbitables ? Incompréhensibles. Moi, ce que je veux, c'est partir, tu vois. C'est quitter cette sale banlieue qu'il n'avait jamais aimée, je sais bien qu'on est nombreux à ne pas l'aimer, il y en a plein qui partiraient bien mais combien le font, hein ? Combien ? Eh bien moi, je le vais le tenter, tu vois. En plus, je ne serai plus une charge pour toi, une charge comme tu dis si bien. Je vais rejoindre des amis dans l'Aveyron (c'était donc ça !) et je vais enfin faire ce que je veux. Ce que je veux ! Dans l'Aveyron ? Oui, c'est dans le Sud. Merci, je connais encore ma géographie mais qu'est-ce que tu vas aller fiche là-bas ? Ils tiennent un journal écologiste, ils ont une grande maison. Parce que ça ne te suffit pas de t'occuper de tes drogués à « La

Lanterne » ? Mais ça n'a rien à voir, c'est une habitation partagée. C'est une maison en bois, une sorte de chalet, c'est vraiment beau, j'ai même reçu des photos par mail. Je pense que ça ne t'intéresse pas pourtant c'est superbe. Une cabane, tu parles ! Figure-toi qu'elle a été construite par une coopérative de travailleurs tous payés pareil, ils savent tout faire, ils échangent les tâches, sont plus efficaces et pas de monotonie. La maison est tout en haut d'une montagne, tu verrais le panorama, et il y a le célèbre journal *L'Hirondelle verte*. Je dis « célèbre » mais ce n'est pas connu, pas encore, pas trop, même s'ils ont déjà pas mal d'abonnés sur internet et il s'imagine déjà écrire quelques articles sur la faune et la flore des environs qu'il ne connaît absolument pas, mais il s'y intéresserait, ce serait différent, avant de repenser à son roman. C'est surtout ça qui l'intéresse. Il pourrait le terminer tranquillement, à son rythme, sans parasitage, se faire même des petites balades la nuit, sous les étoiles, en pensant à ce qu'il pourrait mettre dans tel chapitre qui répondrait à tel autre, comment terminer cette phrase, ce rythme est-il le bon ? Il penserait à ses personnages, trois adolescents pris en stop par deux jeunes du coin, ils iraient dans une autre boîte parce qu'à « L'Aventure », il n'y a personne ! Nous, dirait un des deux Aveyronnais, on va à Meyrueis. On vous emmène, vous allez voir l'ambiance ! Et les trois adolescents (deux filles et un garçon d'environ 17 ans) montent dans la 407 customisée qui s'éloigne sur la petite route de montagne. Les étoiles scintillent joyeusement dans le ciel. Mais, tout à coup, il n'y a plus d'étoiles ! Tout à coup on est en plein jour et William sourit de moins en moins car il aperçoit la maison blanche paternelle. Il ne sourit plus du tout, il s'approche, il est sur l'allée gravillonnée, il s'approche et ouvre donc nerveusement la porte d'entrée blanche sans pommeau et pas du tout exceptionnelle.

5

Les deux adolescentes suivent alors cette fille prénommée Clémentine mais ce que l'une d'elles prénommée Christelle remarque assez vite, c'est qu'il n'y a de garçon prénommé Anthony nulle part. Clémentine disparaît rapidement dans une chambre bien bruyante, et Aurélie et Christelle se retrouvent avec Annabelle près d'une grande table d'angle avec plein de bonnes petites choses du point de vue auréliesque comme des mojitos ou des bières aromatisées à la téquila.

Aurélie dit : Voilà, je te présente Annabelle, après avoir embrassé Annabelle qui va maintenant embrasser Christelle. Annabelle leur propose (impose) des mojitos et quand tout ce petit monde y a goûté (moue de Christelle), elle demande à Aurélie : Alors comme ça, tu voulais voir Anthony ? Christelle mate Aurélie avec des gros yeux tout gros mais Aurélie dévie le sujet en parlant de foot parce qu'Anthony fait du foot mais je me demandais si Tarik en faisait, lui, du foot ? D'ailleurs, il n'est toujours pas arrivé semblent se désoler Annabelle et Aurélie mais Christelle ne dit rien. Elle ne le connaît même pas, Tarik. Elle s'en fout de Tarik. Mais il est où, Anthony ? se désole Christelle qui ne dit toujours rien. Aurélie demande à Annabelle à qui est cet appartement alors Annabelle leur raconte qu'il est à sa mère partie en Bourgogne pour son taf mais il y a un oncle de Bretagne qu'a tapé l'incruste ici une semaine.

Moi, franchement, je trouvais ça relou, je m'étais déjà vue tranquillou dans l'appartement, en plus mon père était d'accord pour que je reste pas avec lui à Neuilly-Plaise, j'avais juste à prendre le RER pour aller au lycée, mais ça a été trop la galère avec lui, avec l'oncle je veux dire. Quand je rentrais du lycée, il était genre à m'attendre, il me disait qu'il voulait tout voir. Tout. Les musées, les galeries, des trucs kom ass. Le premier jour encore, j'avoue, ça allait. Il était tard, je l'ai emmené à Beaubourg en mode découverte et on a fait le tour du quartier. En rentrant, j'ai appelé ma mère, je lui ai dit que j'avais du travail. Petit silence amusé d'Aurélie et Christelle. Mais, vous savez quoi, elle m'a dit mercredi après-midi, tu peux t'en occuper. Tu peux faire ça pour lui, Annabelle, tu ne le vois jamais. Alors on est allés au musée Picasso tous les deux le mercredi et il s'intéressait à tout. Il était trop comme un ouf, j'vous jure. Je le connais pas vraiment, cet oncle, mais j'avais jamais vu ça. Il me lisait tout à voix haute ! Les pancartes, il les lisait d'abord archiconcentré, puis il les prenait en tof pour genre me relire les plus beaux passages. Il se prenait pour un acteur, il déclamait et ça dérangeait les visiteurs. J'avais trop la honte ! Quand on est rentrés, il a voulu peindre. Non mais peindre quoi ! Je savais pas quoi faire, alors je lui ai donné des cahiers vierges que j'avais, des cahiers de brouillon et des feuilles vierges avec les tubes de peinture de Julie. Julie, c'est ma petite sœur. Attendez, il en voulait pas. Il me disait : « Annabelle, ta chambre est vide. Annabelle, apporte-moi des grandes toiles, je vais te faire des peintures. Annabelle, on les mettra sur les murs. Annabelle, il faut acheter de la peinture. » J'en avais trop marre de lui. Il a fallu qu'on aille chercher des grandes toiles et de la peinture en métro. Il avait trouvé un magasin sur internet. C'était dans le 13e, et nous voilà dans le métro, le métro aérien. « Annabelle, regarde, c'est Notre-Dame (avec sa flèche), Annabelle, là c'est quoi ? » Après c'était toute une histoire dans le magasin, la taille ne lui plaisait pas. Il lui en fallait des grandes. Après on est rentrés avec et il s'y est mis. C'était l'enfer cette journée ! dit Annabelle en souriant. C'est comme elle avec son cousin, poursuit Aurélie, son cousin qui est pourtant plus jeune qu'elle mais c'est pareil, tout pareil, il se tape de ces délires quand il me voit et elle continue en les racontant, elle précise, s'arrête sur certains détails avant de résumer à grands traits les passages moins intéressants. Christelle et Annabelle écoutent en souriant, rient, c'est tellement drôle de l'écouter, Aurélie. Elles rigolent, elles rigolent encore, mais ça s'épuise un peu, comme ça, naturellement. Annabelle salue un couple qui passe. Aurélie va se resservir un verre, commence à discuter avec un mec, brun, fin, souriant, l'air sympa.

Avec Aurélie, c'est toujours pareil. Vous la mettez dans un endroit où elle ne connaît personne et voilà, cinq minutes plus tard, elle connaît tout le monde. Elle rigole avec celui-ci, discute avec celui-là, tandis que moi, moi je suis toujours dans mon coin à attendre Anthony. Peut-être qu'il va pas venir, qu'il était invité mais qu'il s'est dit au dernier moment que non. Je sais pas, moi, ça l'intéresse peut-être pas, cette fête. J'aurais dû demander à Aurélie si c'était sûr qu'il vienne. En plus, j'en veux plus du mojito. J'aime pas trop ça, les mojitos. Je déteste ça, en fait. C'est qui celui-là, là, qui me regarde. Il me sourit maintenant. Ne pas le regarder surtout ! Non, ne viens pas, non. Non, c'est pas vrai, voilà qu'il arrive, avec deux mojitos en plus. Je suis sûre qu'il va m'en donner un. Mais j'en veux pas, mais va-t'en, laisse-moi. C'est toi, Christelle ? Moi, c'est Tarik. Ah ouais… Tu sais le pote d'Aurélie pour la fête de ce soir. Elle m'a dit que tu voulais venir. Ouais, ouais… Aurélie elle est sympa. Tu la connais depuis longtemps ? Et tout ça, après lui avoir bien évidemment tendu le fameux verre de mojito qu'elle s'est sentie obligée d'accepter, comme ses paroles qu'elle se sent également obligée d'écouter, puis de sourire, de regarder, de parler, parler au bon moment, de répondre : « Oui » ou « Ah ouais » quand elle sent qu'il faut répondre : « Oui » ou « Ah ouais ». Il faut aussi parfois rebondir, instinctivement, faire semblant de s'intéresser, essayer en tout cas, parce qu'elle n'est pas du tout intéressée par ce garçon, parce qu'elle attend Anthony et qu'elle ne cesse de se demander où il est. Où il est, Anthony, sérieux ?

Alors elle le regarde autrement, Tarik, elle lui fait un petit sourire, à Tarik, elle entend bien des mots comme « amis », « fête » et « moi, tu sais » mais elle guette le bon moment où elle pourra lui demander : Et Anthony, tu le connais ? Il va venir, ce soir ? Mais, attention, elle parsème habilement ses questions entre deux phrases tarikiennes. Elle ne lui demande pas tout en bloc mais peu à peu. Et il comprend lui aussi peu à peu. Il comprend que les réponses monosyllabiques de Christelle n'étaient pas les signes annonciateurs d'un avenir à deux, du moins un avenir à deux sous une couette cette nuit, par exemple. Ça non. Alors, après lui avoir répondu deux fois négativement, il parle moins, il sourit moins, et c'est lui qui se sent obligé, obligé d'écouter son histoire, celle d'Annabelle et de son oncle, parce que Christelle ne sait pas quoi lui dire, qu'il faut bien lui dire quelque chose et lui, il l'écoute, bien qu'il connaisse cette histoire, et, surtout, il guette (cette fois, c'est lui), il guette le bon moment où il lui souhaitera une bonne soirée parce qu'il vient de voir un ami qui vient d'arriver et je vais aller le saluer en la laissant seule et elle est seule, Christelle. Seule, seule, toute seule. Sans Anthony, ni personne, quelques mojitos à moitié vides sur la petite table, des paquets de chips ouverts, des chips par terre, des mégots dans les bouteilles de Despé vides… Tout le monde danse et elle se sent encore plus seule.

Elle se retourne et regarde par les grandes vitres la nuit pauvrement étoilée, elle regarde les fenêtres allumées de l'immeuble voisin, elle aperçoit des gens qui parlent, qui sont occupés, qui ne sont plus là, qui reviennent et elle s'imagine leurs vies, comment ils se sont rencontrés, comment ils vivent maintenant, s'ils sont heureux. Elle s'imagine comment ça se passe quand on est adulte.

6

Il inspire profondément, et ses yeux bleus, très bleus avec une nuance de gris, se dirigent vers la réalité qu'il doit affronter, qu'il va affronter et qui se personnifie tout à coup sous la méchante forme d'un père qu'on entend dire (crier) : William ! On voit le bonhomme : bonnet de docker ou de marin, chaussures de cuir marron, habit vert d'ouvrier, visage pas content. Il est assis sur un canapé, il se regarde un petit match de catch à la télé. C'est toi, William ? La voix forte retombe. On entend le combat, les cris, le commentateur. William (voix grave) : C'est moi, sortant d'une bouche désolée sous des yeux désolés dans l'encadrement de la porte du salon. Il est appuyé sur le chambranle, il ferme puis rouvre les yeux, ses lèvres tressautent, son corps avance un peu. On ne le reconnaît plus ! Son père qui s'appelle Joël l'observe la bouche mi-ouverte. Tu n'es pas à ton travail ? Euh… Parle plus fort nom d'un chien. William est gêné, il se dandine, il baisse un peu les yeux. J'ai démissionné. Tu as quoi ? En fait, je suis parti. Quoi ? Ils m'ont viré. Faudrait savoir ! Ce n'est pas si simple pour William mais pour Joël si, ça l'est. Soit ils t'ont viré, soit tu as démissionné. Silence. Finalement, il a démissionné. Joël l'observe, il a osé démissionner, il ose me le dire maintenant, il me dit qu'il a démissionné, ce petit con. Joël se lève de son fauteuil et s'approche de lui. Il le gifle. William a bien trente ans ou pas loin. Il fait au moins une tête de plus, il est plus fin mais dégage une force intense. T'as un sacré culot, tu sais. Joël, lui, est trapu, c'est une force brute, faite d'un métier qu'on s'imagine dur et pénible. Quelques années à l'armée jadis pour peaufiner le jeune animal, boulanger ensuite, petite vie tranquille, gentille famille à trois, accident en Corse, drame, élever un enfant seul, ouvrier maintenant et cohabitation à deux. En bonus, le visage jamais content. T'es plus un môme, non, tu crois que je vais t'entretenir toute ma vie ? À ton âge je gagnais ma vie, moi. Je vais partir. Comment ? Je… Parle plus fort, nom d'un chien. Je vais partir. Ah oui ? Mais tu ne peux pas, tu ne sais rien faire tout seul ! Puis, long silence et méchant sourire du père qui va tranquillement se rassoir sur son fauteuil en guise de fin de discussion. William remue la tête. Il pense : Oui bien sûr, c'est ça, on ne s'entend pas, on ne se comprend pas, tu m'énerves mais je ne peux pas, je ne peux pas t'en vouloir, tu es là, toujours là à regarder ta télé, ton foutu catch, toujours à me chercher, à m'humilier, à me faire croire que je suis un bon à rien, à me mettre des bâtons dans les roues, à passer ta colère sur moi, toujours, mais je ne peux, je n'y peux rien, je ne sais pas mais, tu vas voir, je quitte ce boulot de technicien, tu me l'as toujours dit, mon fils : « Choisis un vrai métier ! », je m'en fiche, ce que je voudrais faire, moi, tu t'en fiches, bientôt je serai parti, bientôt ce sera l'Aveyron. L'Aveyron. Oui, l'Aveyron. Esquisse de sourire williamesque. En sortant du train-couchettes, je l'ai tout de suite repéré sur le quai de la gare de Millau même si j'étais un peu crevé. J'avais rencontré un lascar et on avait pas mal bédave toute la nuit au lieu de dormir pour être en forme. Quand on est arrivés au camping, j'ai cru que c'était à cause de ça, que j'hallucinais un peu quoi. J'ai demandé à mon oncle si on allait dormir dans ce truc avec marqué « Bâtisseurs d'Armor » dessus. Enfin, je me suis repris, je lui ai demandé si c'était une vraie caravane, en souriant of course. Et là, le tonton me sourit et me dit que je n'ai pas à m'inquiéter bicause moi je vais dormir dans une tente juste à côté. Tu auras tes aises, me dit-il en souriant. Il ajoute « au cas où tu aies des invités » voulant dire « une invitée » à coup sûr. Je le connais, le tonton, c'est mon parrain aussi. Hors sujet. Bref, je me fais à ce petit camping au bord de l'eau, la buvette avec la pétanque juste devant, les sanitaires juste en face de notre emplacement, c'est-à-dire pile en face de l'entrée avec la barrière et nous dans la caravane publicitaire « Bâtisseurs d'Armor » à l'angle des deux chemins principaux. La petite vie tranquille, quoi. Le matin, je vais même avec lui au café du coin pour jouer au Loto foot et boire des cafés, on regarde le Tour de France à la télé avec le mec de l'hôtel d'à côté, on fait du canoë sur le Tarn avec ma tante, mon cousin qui est encore assez jeune fait le fou et on a dessalé pile dans le rapide. On était sens dessus dessous avec les pierres qui raclaient mon dos mais je ne lâchais pas le canoë. Ils ont tous bien rigolé quand c'était plus calme pour moi. Mais le moment fort, avant que je ne rencontre Sandrine et Cécile et tout le tremblement, c'était le bal du camping avec Sonia. Le lendemain du bal, elle vient me réveiller dans ma tente orange du petit matin pas blême du tout. Elle ouvre la tente, elle me saute dessus direct et elle me prend dans ses bras. Et moi, j'ouvre la bouche, je ne comprends pas et elle m'embrasse. On s'enlace, on s'embrasse et tout. C'est un tel réveil, je dormais, je me faisais réveiller par Sonia qui m'enlaçait et qui m'embrassait. Mais maintenant elle me chatouillait, oui, elle avait deviné mon petit point faible. Et je riais, je riais, je lui disais « Arrête, Arrête » mais elle continuait, elle me chatouillait encore plus, elle disait elle-même « Arrête, arrête » en m'imitant. Tout en riant, je me demandais ce qu'ils en pensaient dehors, en plus il ne devait pas être trop tôt. Pour tout dire, ça ne durait pas bien longtemps ce genre de questions, je préfère rigoler. Je m'en fous un peu des voisins. Le problème, pas un gros problème, mais problème tout de même, c'est que j'avais une de ces soifs sûrement causée par toutes les sangrias qu'on avait bues la veille, au bal. Je riais, j'étais heureux mais j'avais terriblement soif. J'étais à moitié enroulé dans mon sac de couchage, elle était au-dessus de moi, elle continuait de me chatouiller mais je lançai la contre-attaque. Moi aussi, je la chatouillais, elle riait à son tour, je la chatouillais, je la chatouillais mais à un moment elle ne rigolait plus. J'avais commencé à approcher mes mains près de ses seins, innocent, au début du moins, et elle dit « Non » vachement sérieuse. Elle était tout à coup vachement sérieuse, elle dit « Arrête ». « Arrête », je te dis. Je dis « Quoi qu'est-ce qu'il y a ? » avec un air innocent mi-joueur mi-sérieux. « Tu sais très bien ce que je veux dire, petit coquin. » Elle me souriait à nouveau, au moins n'étais-je pas allé trop loin, et je recommençai quelques minutes plus tard alors qu'on s'était déjà fait pas mal de câlins, d'embrassades, de tout ce que vous voulez sauf le principal et on était donc à nouveau en train de se chatouiller. J'approche ma main discrètement de ses seins blancs. Elle dit « Non mais tu comprends pas ou quoi », l'air plus du tout souriant. Je sentais que ça n'allait plus, je devenais lourd, je restai un instant silencieux, je lui dis « Je reviens » puis craignant je ne sais trop quoi de néfaste, de négatif en disant cela, en la laissant seule dans ma tente orange, j'ajoutai « Je reviens tout de suite, je vais boire, j'en peux plus. Ça doit être les sangrias d'hier. »

Je sors de la tente, assoiffé, je me dirige vers le point d'eau le plus proche, les sanitaires en face, à l'instinct. « Ma tête, ma tête » me dis-je en sortant de la tente, j'ai l'impression qu'elle va tomber, ça palpite dedans, j'ai l'impression qu'elle gonfle, qu'elle se dégonfle, qu'elle se regonfle. Mes cheveux sont sûrement compactés par la nuit sur mon sac à dos qui me sert d'oreiller. Ils sont comme lustrés, mes cheveux, ils sont dirigés vers le haut comme pour bien montrer aux autres campeurs qu'en fait je suis ailleurs, pas dans le camping, peut-être dans les nuages. Ou comme dieu et je vous surveille, les gars. Mais je ne vois pas les campeurs. J'ai trop soif, je pense à elle dans la tente, j'ai soif, je regarde le chemin sans rien me dire, ce sont juste des bouts de pensée sur ma soif, sur elle, sur ce qui vient de se passer, sur le bal et à nouveau sur ma soif. Je ne sais même pas quelle heure il est.

Ces campeurs qui me regardent, ils voient un grand adolescent qu'ils connaissent de vue depuis quelques jours, pas plus d'une semaine. Il sort de sa tente orange avec un drôle d'air, peut-être relient-ils cet air à la jeune femme qu'ils ont vue entrer dans sa tente orange. Ils y voient un rapport. Peut-être. Peut-être pas. Mais s'ils l'ont vraiment vue entrer dans sa tente, n'imaginons même pas ce que certains pensent parce que, non, c'est pas ça. Je repensais aux chatouilles près des seins. Ils me voient sortir de la tente, ils me regardent marcher d'un pas mal assuré. Ils se disent « Regardez-le un peu, le phénomène. On ne se demande même pas ce qu'il a fait, hein, ça a dû rigoler au bal du camping hier soir. Il ne rigole plus maintenant, en tout cas. Regardez comment il marche, il ne se rend compte de rien. Il n'a pas l'air dans son assiette, le bonhomme. Ça a dû bien boire et pas que de l'eau et ça a dû bien danser aussi. Non mais sans blague. Et cette coupe de cheveux, non mais vous avez vu ces cheveux, mon Dieu, jamais vu des cheveux comme ça. On dirait un ponk. »

En revenant, j'aperçois mon oncle, ma tante et mon cousin qui reviennent des courses. Je leur fais un petit geste apaisant avec un grand sourire forcé en espérant que tout va bien rapport au bal d'hier. Ils me sourient d'un air que j'aime moyen et je leur dis que je retourne dans ma tente et là ils me sourient davantage. Surtout mon cousin.

Sonia est dans mon sac de couchage, elle dort. Je dis « Tu dors » comme pour dire « C'est moi que v'là » mais elle ne réagit pas. J'entreprends alors de l'enlacer comme elle l'avait fait tout à l'heure mais elle me saute subitement au cou en disant, en criant plutôt « Je dors pas, je dors pas ! » comme ça au moins quatre fois, et moi je ne me dis pas qu'elle est folle ou autre chose du même acabit, je ne pense pas à mon oncle, à ma tante, à mon cousin, juste dehors, à trois ou quatre mètres, je ne pense pas aux voisins et par suite je ne pense pas à mes grands-parents que j'ai quittés en Bretagne, je ne pense pas à leur ferme, je ne pense pas aux vacances que j'ai failli passer là-bas où il n'y a aucun camping, aucun bal et aucune Sonia, je ne pense pas à ma mère dont je me souviens à peine et surtout surtout je ne pense pas à mon père. William regarde son père. Il regarde tranquillement sa télé, comme si rien ne s'était passé, comme s'il ne venait pas de lui crier dessus, comme s'il ne venait pas de lui mettre une baffe. Même pas de « pourquoi ? », de « comment ? ». Il ne lui demande rien. Il regarde sa petite télé, son petit match et William part dans sa chambre comme un adolescent qu'il n'est plus.

7

La musique soudainement plus forte crée un engouement qui la fait se retourner. Ils sont plein à danser sur des tubes des années 80 ou 90 devant la grande bibliothèque. Christelle regarde les danseurs, elle s'assoit, elle se lève, elle marche mais elle ne va pas danser. Elle en regarde un qui porte des Stan Smith bien blanches avec l'option « pieds nus, pantalon court ». Quel bouffon, se dit-elle, comme si c'était à quelqu'un d'autre qu'elle parlait et elle regarde ensuite les entrées des deux chambres, une à côté de la bibliothèque, l'autre près d'un piano. Elle s'imagine Annabelle jouant du piano. Elle se demande si elle en a fait avec son oncle. « Annabelle, je vais te jouer du piano. Annabelle, dans cet appartement doit être joué du Mozart, Annabelle, c'est un appartement fait pour vibrer au son mozartien. » Elle regarde la cour trois étages plus bas mais ne perçoit que des éclats de voix, sûrement des invités descendus fumer, qui discutent, qui rigolent.

Elle observe ceux qui dansent comme des fous, Stan Smith se démène comme un damné et il ne manquerait plus qu'il vienne la voir lui aussi avec deux mojitos alors elle regarde un instant la bibliothèque où, tiens, tiens, je vois qu'il y a *1275 âmes*, *Orlando* et *Berlin Alexanderplatz*. Christelle se souvient avoir lu *Les petits enfants du siècle* que sa mère lui avait conseillé et qu'était pas mal mais bon elle préfère ses romans à couverture argentée pleins d'histoires de déceptions et de joies adolescentes, de découvertes et de trahisons. Pleins d'histoires de ouf, quoi.

La première chambre est blindée de monde. Elle se dit qu'il y est peut-être, elle se le dit pour se donner un peu de gaieté mais elle n'y croit plus, elle regarde, pas d'Anthony. Elle s'arrête près de la bibliothèque, elle est triste. Puis elle quitte son petit coin comme pour quitter ses pensées, comme si elle visitait un appartement d'en face avec un autre Anthony en vue d'un achat sur vingt-cinq ans avec un prêt au taux attractif et une délégation d'assurance.

Elle regarde bien partout, elle jette un œil dans l'autre chambre qui est en fait un bureau mais rien. Pas d'Anthony non plus. C'est lui qu'elle cherche, elle l'aurait vu depuis le temps mais elle regarde encore. Elle veut s'en persuader qu'il n'est pas là, Anthony. Qu'est-ce que je suis venue faire ici ?, se dit-elle.

Dans le salon, les lumières multicolores glissent sur les murs au rythme de la musique, dans le salon, la joie et bonne humeur s'épanchent partout « malgré les difficultés de la vie ». On danse, on danse, avec insouciance, on danse joyeusement sur « nos peurs et nos malaises ». Et voilà qu'une nouvelle chanson raconte qu'un certain Nathan prend le bus tous les matins, qu'il voit une fille, qu'il reconnaît son doux parfum, qu'il espère, qu'il ressent ce qu'on appelle l'amour mais Nathan est timide, si timide, timide comme elle est belle, si belle qu'il est intimidé, si intimidé qu'il reste chaque jour collé au fond de son siège. Aujourd'hui, elle le regarde, elle lui sourit mais elle est descendue. Depuis ce jour, il ne l'a jamais revue. Jamais. Et tout le monde chante qu'il aurait dû y aller, il aurait dû le faire, crois-moi. Ah c'est dommage, comme c'est dommage.

Yasmine, elle, elle s'est trouvé un vrai métier à cause de son père. Elle s'est trouvé un vrai métier au lieu de faire ce qu'elle voulait et tout le monde chante encore une fois « Ah c'est dommage, comme c'est dommage ! ». Parce que Yasmine, c'était pas caissière qu'elle voulait faire, ni animatrice, ni finalement secrétaire, Yasmine elle voulait chanter, chanter, chanter ! Chanter, vous entendez. Et tout le monde le chante qu'elle voulait chanter, Yasmine, mais les seules fois où elle chante maintenant, c'est quand elle repasse parfois son linge le soir ou le vendredi après le bureau. Elle ne chante même pas, elle fredonne. Ah c'est dommage, comme c'est dommage et Christelle a l'impression que c'est plus fort, de plus en plus fort et que ça devient un peu trop abusé. Ils se mettent maintenant à danser de plus en plus vite, électrisés par la musique de plus en plus rapide, à hurler les paroles, les rendez-vous manqués, les « Ah c'est dommage, comme c'est dommage ».

Christelle pense à Anthony, à cet après-midi, quand elle est arrivée au gymnase, qu'elle l'attendait heureuse, heureuse, si heureuse. Elle pensait que tout se ferait simplement. Mais elle n'a rien dit quand elle l'a croisé, elle n'a rien dit. Ah c'est dommage, comme c'est dommage. Et tout le monde danse, et les lumières tournoient de plus en plus vite, et c'est de plus en plus délirant et Christelle se demande si ce n'est pas elle qui devient folle, peut-être n'aurait-elle rien dû faire, rien tenter mais comment ne rien faire, est-ce sa faute si elle l'a vu au lycée, si elle l'a entendu, s'il lui a plu ? Ah c'est dommage, comme c'est dommage. Elle regarde les danseurs, elle ne sait pas quoi faire, elle pense à lui, elle ne pense à rien, elle voudrait tellement le voir mais il n'est pas là, il n'est même pas venu. Ah c'est dommage, comme c'est dommage. Elle regarde encore les fenêtres en face sans rien se dire, sans penser à rien, juste avec cette espèce de sensation de vide, comme si j'étais plus rien, ou juste une obsession de cet Anthony que je connais même pas, c'est grave, je suis grave, comme c'est dommage, comme c'est dommage. Comme je suis trop conne surtout.

Il faut surmonter ça, il ne faut pas rester comme ça, Christelle. Comme dit la chanson, il vaut mieux vivre avec des remords qu'avec des regrets. Elle repense au lycée, à ses parents, à la dispute, elle repense à cette histoire de bébé, elle repense au stade, au stade vert. C'est n'importe quoi, se dit-elle. Je fais n'importe quoi. Elle sourit mais elle est triste. Je vais partir. La nuit, les rues, le RER, la maison, les parents. Aïe. Elle était si contente de venir ici, c'était si imprévu. Et puis, rien. Rien.

Et puis, si. Elle se trouvait alors dans l'entrée, prête à partir, elle espérait ne pas croiser Aurélie, qu'elle ne voie pas sa déception, qu'elle ne tente surtout pas de la consoler, surtout pas ça, bref, comme dans une pièce de théâtre de boulevard, la porte s'ouvre, un premier, un deuxième garçon et le fameux Anthony qui tout de suite l'aperçoit, s'approche d'elle et lui dit : C'est marrant ça, on se serait pas croisés au stade cet aprèm ? Au stade ? Oui… Ça fait longtemps que tu es ici ? Tu partais ? Non, non, j'allais fumer en bas. Ils continuent à discuter comme ça pendant un bon moment mais, au fait, ça te dit pas un mojito ? Quoi ? Un mojito, ça te dit ? Annabelle en prépare toujours. Ah mais oui, j'adore ça. Dit-elle.

8

Le lendemain matin, à cette heure tranquille où dorment encore nos deux adolescents, une voiture de type « Urban Jungle Style » se gare dans une rue chic. Christelle et Anthony sont bien enlacés. Depuis le très grand jardin aménagé avec goût par les artistes de vos espaces verts, on voit un couple à la quarantaine bien tapée sortir de ladite voiture. Christelle et Anthony sont toujours bien enlacés. Le couple entre dans la maison par la baie vitrée certifiée NF, ce qui, entre nous, est une garantie de performances optimales en termes d'étanchéité, dirait François. François ? Le père d'Anthony. Anthony ? Il dort gentiment. Sa mère : Anthony, tu es là, mon chéri ? Anthony se réveille et dit : Merde.

Dans la cuisine ouverte sur le salon qui est la tendance depuis un bon moment, François regarde les deux verres « Perfect Dream » posés sur le comptoir linéaire au design moderne facilement agençable, dirait-il. Mais là, il dit plutôt qu'il ne s'en est pas fait pendant notre absence, le chéri. L'agitation grandissante réveille Christelle et Anthony lui fait Chut avec le oide sur la bouche. Elle ferme les yeux, elle pense au stade vert, à Aurélie, elle revoit les lumières, la soirée chez Annabelle, la soirée jusqu'au moment où tu es enfin arrivé, la discussion dans la cour, l'Uber, cette maison incroyable, le whisky tourbé à soixante boules, les chips pour accompagner, la petite musique qui va bien puis ta chambre immense et sous la couette, les rires, et comment on s'est embrassés, comment on s'est déshabillés et je t'ai dit : Attention, tu sais…, et ta douceur et on est ensemble toute la nuit, et toute la nuit Christelle et Anthony dormirent bien enlacés mais, maintenant, c'est le matin, et elle le regarde et elle est inquiète et Anthony lui dit justement de ne pas s'inquiéter, ce sont juste ses parents. Christelle pense alors aux siens et se dit comment ne pas être inquiète ou méfiante ou en colère avec les parents, je vous le demande.

Ceux d'Anthony afficheront une mine offusquée puis une superbe indifférence feinte lorsque Christelle descendra l'escalier en colimaçon avec la structure en acier laqué blanc. Elle est en bas, elle est silencieuse devant le spectacle de deux riches parents s'affairant sans lui dire ne serait-ce qu'un petit bonjour. Elle comprend alors qu'ils l'ignorent et elle en est très affectée psychologiquement parlant car lors d'un lendemain de grande soirée on est toujours plus sensible. Croyez-en ma vieille expérience.

Notre pauvre Christelle ne sait pas quoi faire, elle est au plus mal de voir ça, de ressentir ça, de vivre ça. Même si, pour se rassurer, elle se dit que ça va passer, que les parents d'Anthony sont peut-être comme ça, un peu en colère. Il n'y a pourtant pas trop de bazar. Ils sont peut-être intimidés ?, se demande-t-elle. Mais non, Christelle, il va bien falloir admettre que leur morgue est synonyme de méchant mépris social comme disent nos ami.e.s gauchistes. Elle reste toujours immobile en bas de l'escalier, elle les regarde et se souvient qu'Anthony lui a dit que les siens étaient… étaient quoi déjà ? Anthony ne la regarde pas. Même pas. Anthony, tu ne me regardes pas, c'est peut-être ça le pire. Tes parents, je m'en fous après tout, mais toi, non, pas toi. Soutiens-moi, viens ici, dis quelque chose, je ne sais pas, moi. Anthony, elle voudrait le crier. Et elle se sent tout à coup seule, si seule. Non, ça ne va pas recommencer ! Et lui, il s'affaire comme ses parents, il va vite, et c'est des « Maman donne la valise » par-ci, ou des « Vous avez passé un bon séjour ? » par-là tout en s'activant dans cette belle cuisine ouverte sur ce salon de rêve.

On a roulé toute la matinée, dit le brave monsieur au polo étonnamment rose (coupe classique en coton surpiqué) qui s'assoit sur un haut tabouret (tubulures croisées « total black ») et se mange ce qui m'a tout l'air d'être des petites olives noires (de type Kalamata) sympathiques comme tout tandis qu'Anthony passe un petit chiffon sur le fameux comptoir linéaire au design moderne facilement agençable. Et à la question : « L'étain du comptoir est-il facile à entretenir ? », je répondrais que l'oxydation naturelle de l'étain est très discrète et n'altère en rien sa beauté et comme il ne craint ni les alcools ni les liquides chauds, un simple lustrage une ou deux fois par an avec une potée suffit à lui redonner sa brillance originelle. Signé François.

Si Anthony osait ne serait-ce que lever sa petite tête de ce comptoir quelques instants, il verrait Christelle juste devant l'escalier aux marches agrémentées d'une console métallique avec des trous décoratifs. Il verrait qu'elle le regarde, désespérée, abandonnée, pétrifiée, Anthony, mais Anthony regarde-moi. Mais qu'est-ce que c'est… Personne ne lui dit rien, même si elle pleurait, même si elle criait, le sinistre trio ferait comme si de rien n'était, le sinistre trio continuerait à parler tranquillement, avec les tranquilles et très légers reproches des parents envers leur chéri qui rime bien avec Anthony. Et c'est la maman silencieuse et hautaine maintenant enfoncée dans son fauteuil en cuir blanc tout droit sorti d'un studio de design, c'est la maman d'Anthony qui feuillète tranquillement un magazine même si elle sait que Christelle est là, toujours en bas de l'escalier. Elle adresse quelques reproches à peine désobligeants à l'attention de son petit chéri, son petit Anthony, quand ce n'est pas son père qui le fait sur le mode de la connivence, l'air de dire qu'il sait ce que c'est mais quand même, tu ne vas pas nous amener n'importe qui ici et il faudrait s'imaginer une petite tape sur l'épaule ou un petit rire viril à l'adresse d'Anthony.

« N'importe qui »

Christelle est toujours en bas de l'escalier dont on se fiche qu'il est fabriqué avec le plus grand soin dans nos usines en France, on se fiche de votre maison d'architecte à plus d'un million d'euros, on se fiche que c'est parce que François est devenu directeur après tant d'années de labeur, de sacrifice, si vous saviez, j'ai même abandonné ma thèse que je faisais sur… bref, ce qu'entend Christelle, c'est qu'il est question d'une certaine Edwige, « Edwige », entend-elle bien distinctement, le prénom bien prononcé par la mère d'Anthony qui le regarde, son chéri, en souriant. Tu vas au foot cet après-midi ?, dit-elle sur le ton de la réconciliation de fin de matinée mais Anthony ne répond pas, ne regarde personne et continue de nettoyer mais quoi, sérieux ? Qu'est-ce qu'il nettoie ? Christelle ne se souvient pas qu'ils aient autant dérangé ou sali hier, le whisky, les verres, un saladier pour des chips. Rien d'autre. Elle ne le reconnaît pas et elle observe cette mère toujours sur son fauteuil qui offre un confort exceptionnel tout comme une assise impeccable, toujours à feuilleter son magazine en papier glacé comme elle, avec le chéri qui ne dit rien et continue à briquer ce foutu comptoir. Peut-être va-t-il ensuite se faire l'escalier en colimaçon garanti dix ans, ce qui serait une bonne façon de se rapprocher de Christelle ? La maman prénommée Clotilde recommence : Tu aurais pu venir avec nous, tu sais. Tu aurais vu Edwige. Elle a bien repéré le pauvre blouson de la pauvresse qu'il nous a amenée ici, le chéri. Mais maman, je t'ai dit que je… Tiens, il a retrouvé l'usage de la parole, le petit Anthony. Que quoi ? demande le père. Que tu devais picoler avec je ne sais qui, et il termine en ricanant.

Avec « je ne sais qui », encore une fois, ce n'est pas très gentil, pas très élégant pour notre Christelle qui, à moins de deux mètres de tout ce beau monde, se sent isolée, si isolée, et combien c'est violent ne se dit-elle pas. Elle est stupéfaite, défaite, le visage sec, les traits tirés et n'aurait-elle pas à cet instant précis la bouche immobile et grande ouverte d'une tragédienne imaginaire ? À quelle heure tu t'es couché ? demande la mère. On ne peut vraiment pas te faire confiance, tu vois. Si c'était pour rester ici à sortir et à ne rien faire, à amener du monde à la maison, « du monde » (la bouche de Christelle s'agrandit encore un peu), franchement, ce n'était pas la peine. Tu vas nous faire le plaisir de la raccompagner maintenant. La mère se retourne vers le père qui regarde son fils et dit : Tu la raccompagnes, tu m'entends, avant d'ajouter : C'est avec elle que tu as bu de mon whisky ? sans préciser que c'est le meilleur single malt de sa génération, juste pour dire qu'il comprend un peu, c'est une sorte de reproche amicalo-paternel l'air de dire qu'il connaît ça, lui aussi, et, d'ailleurs, il sourit. Tu amènes une fille, d'accord, mais pense à ta mère, mon garçon, fais un peu attention, pourrait-il même nuancer. Mais il répète : Maintenant, tu la raccompagnes jusqu'au RER, Anthony.

Tous les deux sont dans la rue. Christelle ne voit rien, ne pense à rien, elle est endormie, endolorie. Les arbres en fleurs, le soleil, la rue chic, tout lui semble irréel. Ces taches de lumière sur le trottoir, ce calme, ce silence, ces maisons, ce luxe partout. Irréel. Comment sommes-nous arrivés ici ?, se demande-t-elle. Elle se souvient pourtant bien de la voiture noire, de la conduite veloutée, des sensations agréables de silence et de légers vrombissements pendant qu'ils s'embrassaient. Elle se souvient qu'elle lui avait dit, dans la cour d'Annabelle, qu'elle s'était disputée avec ses parents, qu'elle en avait vraiment ~~marre~~ assez de ses parents, qu'ils ne lui laissaient pas faire ce qu'elle voulait, sans toutefois préciser que ce qu'elle voulait, c'était de quitter le lycée, se marier avec lui et on connaît la suite. Ils avaient discuté encore et encore et encore et il lui avait proposé de la loger chez lui si elle voulait. Surtout que mes parents ne sont pas là avait-il ajouté sans malice.

Ils marchent, ils sont silencieux. Le soleil, par intermittence, se dégage des nusages. Tout est doux et calme, quelques rétroviseurs brillent, quelques passants passent. Il y a bien des aboiements lointains comme pour mieux souligner le silence qu'il y a entre eux. C'est comme s'il ne s'était rien passé. Tout est fini. Mais ça va aller, ça va passer, se dit-elle, pense à autre chose, laisse passer, regarde les voitures garées, regarde ce soleil, ce beau temps, cette rue tranquille, ces maisons mais c'est l'angoisse, atroce et despotique. Alors il faut surtout, surtout laisser passer, ne pas se laisser aller. Quand cette angoisse, cette panique, cette violente envie de hurler son refus s'est à peu près calmée, elle se dit juste que ça l'arrange, lui, l'Anthony chéri. Elle éprouve tout à coup de la haine pour lui, puis n'en revient pas, puis le regarde, lui, apparemment impassible et concentré. Elle pense à cette Edwige. Qui est-ce ? Regarde-le, il est là, il ne dit rien. Il s'arrête ici, moi, mes parents, il faut que j'y retourne, mais tu fais encore quoi cent mètres là, tu prends à droite, tu verras c'est marqué, la gare de RER. À droite, à cent mètres. C'est pas compliqué. Dit-il.

9

Pendant ce temps, Joël, le père de William, qui n'aime ni les complications ni les RER (mais qui ne crache pas sur un petit match de catch à la télé), ouvre le frigo derrière la table de la cuisine blanche. Il fait beau, il ne pense pas à William, il est content. Il prend, non, il s'empare d'une bouteille en plastique contenant de l'eau gazeuse et il boit à même la bouteille, dans un silence entrecoupé de glou-glou et l'on entendrait presque quelques cui-cui enjôleurs par la fenêtre. Il se dirige ensuite vers la porte d'entrée et dans le couloir ses chaussures font glong-glong sur le faux parquet et puis kriss-kriss sur la petite allée gravillonnée avec tant d'amour qui nous mène tout droit kriss-kriss tout droit vers la petite rue où l'on voit une voiture à l'arrêt qui ne fait pas vroum-vroum.

Soucieux de sa prochaine qui est sa voisine, Joël lui demande si elle a un problème, Mathilde, car elle s'appelle elle aussi Mathilde comme Mathilde Garnier mais surtout comme feu sa femme et à chaque fois ça lui fait tout drôle de voir cette Mathilde, à chaque fois, il a le même sourire de ravi de la crèche, à chaque fois, il est prêt à dire quelque chose qu'il ne dit pas, qu'il ne dit jamais, se contentant d'acquiescer à ce qu'elle dit, complétant le cas échéant le propos de Mathilde par des petites mimiques entendues, des petites grimaces qu'il croit marrantes et de singuliers petits sourires débiles. Bref, c'est Joël, Joël dans toute sa splendeur joëlienne ! Joël s'est dit plein de fois qu'il se lancerait un jour mais, là, c'est la voisine Mathilde qui lance : Je ne sais pas, avec cette foutue voiture et elle ne termine pas sa phrase et il la regarde en hochant doucement la tête.

Souvent, quand il regarde Mathilde, la voisine vivante, Joël repense au passé. Il revoit de charmantes après-midi ensoleillées, des petits matins à deux, des commencements fébriles, il va même jusqu'à s'imaginer une autre rencontre avant la rencontre avec sa femme, Mathilde la morte. Il s'imagine qu'il rencontre Mathilde la vivante, qu'ils auraient une trentaine d'années et comment ça serait maintenant. Comment ça serait ? Il ne va pas beaucoup plus loin parce que l'imagination, les pensées, la contemplation ne sont pas les caractéristiques principales de Joël, non, lui, c'est plutôt un impulsif, vous voyez le genre, un bonhomme toujours en action même s'il n'y en a pas toujours, Joël, et qu'il faut bien t'avouer vaincu quand certains souvenirs font toc-toc dans ta tête.

Mathilde est toujours énervée, ses doigts tapotent nerveusement sur le volant et elle se force à sourire le regard toujours fixé sur les compteurs quand il dit : Ça doit être la batterie puis il longe la voiture pour aller voir la batterie. Certes, ses souvenirs sont parfois très émouvants comme lorsqu'il repense aux balades en R21 de couleur « tungstène » qu'elle avait choisie, la Mathilde qui n'était pas encore morte. Une belle voiture, robuste et qui consomme peu, leur avait dit le commercial. Ils avaient pris ensuite un thé vert et un demi à la Civette de Lagny pour fêter ça. Il faisait beau et les longs cheveux de Mathilde étaient encore plus blonds devant la baie vitrée du bar. Elle (la R21 couleur « tungstène ») aurait maintenant le même âge que celle dont il ouvre le capot et il voit tout de suite le problème tout en entendant les deux enfants de Mathilde la vivante qui accourent à toute berzingue pour lui dire : Bonjour ! Ils s'apprécient beaucoup et le père de William est maintenant très heureux comme jadis quand il se promenait au bord de la Marne avec Mathilde, la R21 couleur « tungstène » était alors garée dans une petite impasse de Gournay-sur-Marne et tous deux se cherchaient un sympathique petit endroit pour pique-niquer et faire des petits projets comme celui de s'accoupler dans la bonne humeur. Mais c'était jadis, Joël.

À présent, Joël ouvre le boîtier sous le capot et sous les yeux admiratifs des deux enfants. Ce n'est rien, un peu de rouille sur les cosses de la batterie, dit-il en regardant les deux enfants avec un air qu'on ne lui connaissait pas, pas avec William en tout cas, avec un air, osons le mot : attendri. Parfois, il revoit les rives qu'ils parcouraient ensemble, les arbres qui bruissaient légèrement, la Marne qui coulait paisiblement et, à présent, nous ne sommes plus dans les années quatre-vingt-dix mais au moins vingt ans plus tard et les deux enfants présents sont une fille à grosses lunettes et à queue de cheval prénommée Zoé et un Joachim engoncé dans son pull à col en V et à motifs animaliers (des petits cerfs pixellisés essentiellement) qui lui demande si c'est grave, docteur, parce que c'est un comique, Joachim.

Joël baisse le capot et Mathilde les regarde tous les trois, surtout Joël, mais peut-être pas comme il eût aimé qu'elle le regardât, c'est-à-dire sans autre intérêt que de savoir si sa fichue voiture allait démarrer. Joël que le désir ou l'amour fait devenir psychologue dit à Joachim que non, ce n'est pas grave, cher monsieur, tout en hochant à nouveau paisiblement la tête en regardant Mathilde qui s'en fiche de ses mimiques, qui voudrait juste que cette bagnole de couleur pas « tungstène » démarre car elle est déjà au bout du rouleau de devoir retourner à son travail un samedi midi.

Mais elle ne dit rien, elle lui sourit (si on peut appeler ça sourire). Et lui aussi, il lui sourit (et, oui, on peut appeler ça sourire). Et même si elle continue de sourire (si on tient vraiment à appeler ça sourire), Mathilde, elle, se dit qu'il va peut-être me redire que j'ai de beaux enfants et qu'il est drôle, Joachim, tout en tapotant la têtête de Joachim puis celle de Zoé parce qu'il ne faut pas faire de jaloux. Allez, retourne sous le capot qu'on en finisse avec cette foutue batterie et que je me barre à mon taf. Joël regarde Mathilde qui se fige, se demande un instant s'il a deviné ses pensées mais non, Mathilde, il te dit juste que ce n'est rien et il demande à Joachim d'aller chercher une brosse en fer et de la graisse dans le garage. Il lui explique un peu ce que c'est, lui indique l'endroit précisément, sur l'établi, juste à gauche de l'étau puis se retient de dire le mot « étau » qui créerait des difficultés cognitives. Il pourrait y aller mais quelque chose le retient, peut-être une possible petite discussion avec Mathilde histoire de la rassurer, de lui dire que, vraiment, il n'en a pas pour longtemps, la batterie, vous savez, c'est toujours les cosses qui sont un peu rouillées. Il mimerait les cosses avec deux doigts à bout carré, je vais les frotter, mettre un peu de graisse, dirait-il en passant une main sur un index pour indiquer comment on frotte et ça devrait aller, Mathilde ! Il insisterait un peu pour la faire sourire, les gestes avec les mains, la grimace, regardez, Mathilde, comme ça ! Il insisterait un peu car il fait partie de ces gens qui croient qu'en insistant on rend drôle ce qui ne l'est pas et puis il finirait en faisant le signe de la clé de contact qui tourne et, vroum-vroum, ça y est, la voiture démarre !

Mais qui dit démarrage dit explosion (moteur) et dit donc flamme (amour), et n'allons pas plus loin pour imaginer le Joël d'il y a vingt ou trente ans qui aurait rencontré la Mathilde vivante de maintenant. Maintenant, ils seraient tous les deux au bord d'une petite route corse regardant leur R21 « tungstène » en panne mais Joël lui dirait de ne pas s'inquiéter avec l'air d'un amoureux conquérant parce que d'ici une petite demi-heure tout sera réglé avec l'air d'un jeune optimiste transi.

À moins que cette histoire de panne de voiture en Corse ne fût ce qui vous arriva vraiment il y a une vingtaine d'années, Joël ? Tu sais bien, la panne précédant d'une demi-heure l'accident si bête, comme on dit, si bête mais qui coûta tout de même la vie à la Mathilde que tu aimais tant.

10

Ce qu'il aime tant, lui, l'ami François (le père d'Anthony, vous vous souvenez ? samedi matin…), c'est faire les courses en toute décontraction dans un hyper-marché en une fin d'après-midi de mardi, par exemple.

Ah, il faut le voir flâner parmi les produits alimentaires dans les allées parfois désertes. Il faut le voir déambuler l'esprit libre et confiant au milieu de toutes ces couleurs, de tous ces choix qui s'offrent à lui à ne plus savoir où donner de la tête tellement il se sent bien. Quelles olives prendre cette fois-ci, toujours des Kalamata ? Et quels fromages ? Et les surprises au détour d'un rayon ! Tiens, du rôti de porc alors que je n'y avais pas pensé. Oh mais ne seraient-ce pas là ces tomates farcies que j'aime tant ? Et que je te continue ma petite promenade, lalalalalère, que je me dandine un peu en poussant mon caddie. Mon caddie qui s'arrête brutalement. Oh, non ! Pas ça ! Des tablettes de chocolat au lait et aux noisettes !

Et allez hop dans le caddie (ne pas penser à Clotilde) ! Avec les lots de quatre paquets de jambon nitrité (cadeau : la barquette fraîcheur), et puis tiens, juste au bout de l'allée, quelques bouteilles de soda nous seront du plus grand réconfort (« pour cinq achetées, une gratuite ») si on a soif en regardant Netflix. Surtout ne pas oublier les petits champignons de Paris entiers premier choix qu'il m'arrive de manger froids en contemplant par la cuisine ouverte ma femme tranquillement assise dans le salon 100 % cuir véritable ou encore les poivrons cuisinés au piment d'Espelette (huile d'olive vierge extra 0,7 %, élu meilleur produit bio de l'année). Et le riz thaï naturellement parfumé dans tout ça ? François n'aime pas trop mais c'était quand même écrit sur la liste clotildienne. Lui, ce qu'il préfère, c'est vraiment le chocolat et, tiens, tiens, maintenant que je suis sur le parking, si je m'en ouvrais une tablette parce que c'est trop bon mais ce qui l'est moins c'est qu'il va bientôt rencontrer Christelle dont il a totalement oublié l'existence depuis samedi.

Pas comme elle. À peine ai-je d'ailleurs fini d'écrire cette dernière phrase qu'elle l'a aperçu. Mais ce serait pas le père d'Anthony qui m'a mis grave le seum samedi matin ?, se demande-t-elle. Oh la vieille surprise. Je sais pas ce que je vais faire mais je vais… je vais te le…, se dit-elle en le fixant. Il se dirige vers sa jolie voiture en mangeant son chocolat. Pourtant ça ne va pas durer. Ça non. C'est ça, cherche ta clé, Christelle n'a pas bougé, ouvre ton coffre, Christelle est immobile, prends tes petites commissions, elle le fixe toujours, et allez la lessive dans le coffre, le chocolat qu'il bouffe, un truc tombé qu'il ramasse, et puis regardez cette chemise bleu ciel bien tendue sur son bide. Je te parie qu'il doit se payer un abonnement dans une salle de sports pour se donner bonne conscience, le keum. François s'est arrêté, il est immobile, il n'a toujours pas vu Christelle qui se demande maintenant s'il est en admiration devant son coffre bien rempli ou quoi, ce bouffon.

Dans ce paragraphe, elle est face à lui, bien en face, l'air encore plus coriace avec les poings bien serrés. Notons également ces beaux cheveux christelliens un peu en désordre (ce qui n'est pas pour me déplaire), ce blouson toujours trop grand pour toi qu'on commence à connaître et ce visage légèrement penché sur la droite avec l'expression mauvaise, très mauvaise d'une vraie bad girl. C'est notre Christelle qui va lui en mettre plein les dents ! Elle lui dit : Comme on se retrouve. Silence. Vous vous souvenez de moi, non ? Qui êtes-vous ? Vous savez, samedi matin, avec votre fils. Au début, étrangement, il a pensé à une étudiante. C'est vrai que vous m'ignoriez bien comme il faut. Une locataire mécontente d'un studio, s'est-il dit pendant une seconde. C'était mieux de parler d'Edwige. Ah oui, c'est cette fille qu'Anthony a amenée l'autre jour. Moi je pensais qu'il allait me présenter à vous. Qu'est-ce qu'elle veut ? Que ça serait bien. Quelle agressivité. Il m'avait dit : Mes parents sont charmants. Et puis cette dégaine qu'elle a avec ce blouson. Mais je ne savais pas que c'était du vent. Où Anthony l'a-t-il dégottée ? Il faut bien qu'on se parle un peu. Il n'y a qu'à moi que ça arrive des trucs comme ça. Ça fait des mois qu'Anthony et moi on est ensemble. Hein ? Des mois, vous entendez ? J'étais si tranquille à faire mes courses. Elle se tait, elle continue de le fixer. Mais te plains pas trop, François, c'est pas une romano qui vient t'emmerder, hein ! « Hein ! » comme dirait Jean que tu ne connais pas. Tu pourrais d'ailleurs continuer de charger ton coffre en l'ignorant, en ne l'écoutant pas, ne la regardant même pas comme samedi matin, avec juste un petit regard en coin tandis que Christelle continuerait son sketch : Des mois, avec Anthony, ça ne vous fait rien, vous vous en fichez, c'est ça ? Comme il ne dit rien, comme il ne semble pas réagir, avec ce même air suffisant, ce même air nonchalant, ce même air méprisant que l'autre fois, elle ne sait plus quoi faire, gueuler, griffer, le taper, lui sauter dessus. Quand même pas, Christelle ! Elle se tait à nouveau, l'air toujours mauvais, la mâchoire du bas dans sa direction. Puis : Vous savez quoi, on va même se marier. On se souvient que ç'a déjà eu son petit effet avec ses parents à elle, cette histoire de mariage. Oui, se marier, il vous l'a pas dit ? Se marier ?, pense-t-il un peu troublé. Vous ne serez pas obligé de venir à notre mariage, je vous rassure. Il la regarde. Et elle continue, elle a pris un bon angle, elle continue. Il la regarde, il secoue un peu la tête. Vous n'y êtes plus, qu'il dit. Il s'anime. Qu'est-ce que vous me racontez là, vous n'y êtes plus du tout. Elle rit, un drôle de rire, inquiétant, ravageur, comme si le parking, le bruit des voitures, le RER qui passe, les caddies et les courants d'air se transformaient en escalier laqué blanc, en cuisine ouverte sur le salon et en comptoir lustré par le soin de son petit Anthony chéri et que tout ça se transformait en mépris, le même que vous avez eu pour moi l'autre fois, et qu'elle lui renvoyait maintenant tout ça dans sa vieille face de macaque. Qu'est-ce que vous croyez ? Vous m'impressionnez pas. Et vous, qu'est-ce que vous venez m'ennuyer avec vos histoires. Laissez mon fils tranquille, vous entendez. Laisser votre fils tranquille ? Oui, et puis je dois y aller. C'est ça, partez. Mais je vais vous dire un truc, juste un truc. Pourquoi on va se marier ? Pourquoi, d'après vous ? Il la fixe. On se fait ça à l'ancienne avec Anthony. Vous captez un peu ? Elle est folle ! Non, elle va refaire le coup du bébé ! Je suis enceinte d'Anthony. Et voilà, qu'est-ce que je disais ! François la regarde étrangement. Plus du tout impassible ou irrité. Je peux vous dire que ça ne va pas fort, le père

François ! C'est votre Anthony chéri qui m'a mise enceinte. C'est incroyable mais il semble la croire. Vous voulez voir mon test ? Qu'est-ce que c'est encore que cette histoire ? Je l'ai toujours avec moi, c'est comme un talisman vous savez. Un talisman ? Il ne comprend plus rien. Il est dans une petite boîte mais je peux vous le montrer. Elle abuse, Christelle ! Elle plonge la main dans la poche extérieure de son blouson trop grand pour toi où il n'y a aucun test. Je l'ai mis dans une petite boîte en métal. C'est une folle, cette fille, se dit-il. Vous voulez voir ? Pauvre François ! Vous voulez pas ? Elle s'approche de lui. Je vais vous le montrer, dit-elle, alors qu'elle n'a assurément rien à lui montrer. Regardez. Elle s'apprête à sortir sa main de sa poche, elle est près de lui. Les yeux de Christelle. Les gros yeux verts de Christelle braqués sur lui. Mais ce n'est pas possible, mais non, non. Non ! Et puis, il tombe raide.

Rassurez-vous, je ne vais pas vous faire le coup de l'explication détaillée du malaise lipothymique. Juste vous dire que François Pélissier est étendu et que ses yeux clignent un peu. Dans le langage courant, on parle généralement d'évanouissement partiel voire de vapeurs même si ce dernier terme fait un peu suranné. J'ajoute, je ne peux pas m'en empêcher, que ce trouble brutal est caractérisé par une perte d'équilibre, une sensation de vide, le rétrécissement du champ de vision ou encore l'apparition d'étoiles devant les yeux. Parmi les causes les plus fréquentes figurent la douleur, la peur, la prise médicamenteuse ou encore le choc émotionnel causé par une sale gamine qui dit être enceinte de votre fils. Et maintenant, même si vous bougez un peu, vous restez complètement allongé entre les deux voitures, entre votre SUV à la noix et la Renault Talisman blanche d'à côté qui revient de Trouville. De Trouville ? Trouville, oui, en Normandie. Vous connaissez, François ! Allez, un peu de rêve et de douceur vous feront le plus grand bien.

Pensez un peu au Central, à la rue des Bains, aux petites terrasses ensoleillées du dimanche matin, aux planches, à la plage de Trouville, la reine des plages comme c'est écrit sur l'affiche chez Jihane (mon amoureuse), même si on vous imaginerait plutôt à Deauville, de l'autre côté, friqué et arrogant, vendant peut-être même un appartement aux Marinas ! En tout cas, l'hôtel des Roches noires avec Marguerite Duras, ça vous parle. Les lectures de votre jeunesse bien lointaine désormais. C'était autre chose que la surconsommation ou l'immobilier ! Ah, la jeunesse, c'était l'alcool, les romans percutants, les discussions fiévreuses, les bagnoles des copains. Et puis, les nuits alcoolisées où elle roulerait avec vous, vous l'imaginez. Elle est avec vous et vous êtes fous. Vous rêvez, François. Vous rêvez. Vous êtes là, vous êtes deux, vous êtes partout, sur la plage, sur la route qui mène à Villerville, vous êtes Yann Andrea Steiner et vous pensez à l'enfant aux yeux gris, à la jeune monitrice, à la Pologne, et les nuits de Mozart, et la ritournelle, et il y a longtemps que je t'aime, jamais je ne t'oublierai. Et vous buvez du vin, François, et vous allez aussi à Honfleur, et vous riez et vous chantez Piaf. Marguerite dit que ça va mieux, votre voix est moins fausse, François, vous allez y arriver. Et parfois vous vous enfermez dans la chambre. Ou vous êtes dans le salon, allongé sur le divan couvert de coussins. Vous regardez la hauteur des fenêtres, le rose pâle des rideaux brûlé par le soleil de tous les étés. Vous ne faites rien. Vous mettez le couvert. Vous êtes toujours sur le divan. J'attends, dites-vous. C'est incroyable de ne rien faire à ce point-là, François. Vous avez toujours été comme ça ? Non, non. J'ai mon mémoire de thèse à terminer. Vous connaissez mon sujet ? « Le vieillissement du visage durassien : Marguerite dans le miroir. »

Clotilde est là tout à coup. Elle vous regarde dans le miroir de la salle de bains. Tu es sûr que tu ne préfères pas la place que te propose mon père à l'agence ?

Vite, vite, vous conduisez la voiture sur la route d'Honfleur. Les yeux bleus dans le rétroviseur, les cheveux noirs dans le vent. Vous irez chercher du vin, François, je vous laisserai mon chéquier. Ce soir, nous regarderons la mer, le crépuscule et les lumières du Havre. C'est magnifique, les lumières du Havre, François. Magnifique. Vous vous en souviendrez ? Maintenant, vous vous voyez courir sur la plage à quinze ans, à vingt ans, à quarante-huit ans avec ce vieil anorak gris qui flotte derrière vous. Vous courez, vous rigolez, vous êtes heureux. Les vagues sont douces et belles, vous les entendez, la mer, les mouettes. C'était comment déjà ? Et les vagues font toujours ce bruit incessant, ce crépitement que vous adorez. Vous avez quarante-huit ans, vous entendez, quarante-huit ans, François, et on dirait un môme qui court après ses vingt ans, après Marguerite, votre Marguerite, après votre vie refusée. Mais quelle vie depuis, François ? Quelle vie ?

Christelle saisit votre portefeuille mais, attention Christelle, il va se réveiller dans à peine une minute. Oh, une minute, c'est juste le temps d'y trouver l'adresse, de la recopier et de me la mettre dans la poche de mon blouson toujours trop grand pour toi ou non je vais la prendre en photo, tiens, c'est bien plus rapide. Toute façon, j'ai pas de stylo. Alors elle retire délicatement de la poche intérieure du blouson de François le portefeuille « Tomi Hililiger » à doublure textile (one size : 9 x 11), trouve une carte de visite de l'agence, pas bon, puis une adresse qui semble la bonne sur le permis, quelle tête il a avec ses cheveux longs, se dit-elle. Elle sort son Samsung qu'Aurélie lui a refilé pour cause d'anniversaire et d'obtention du dernier iPhone pas vraiment « commerce équitable ». Elle appuie sur « appareil-photo », elle ne voit pas grand-chose, choisit le mode « rafales », il y en aura bien une de bonne dans le lot, elle vérifie rapidement, oui, ça devrait aller. Plus que trente secondes, Christelle. Ça peut toujours servir, surtout que je ne sais pas vraiment où c'est, chez Anthony. Elle repense alors à samedi matin, c'était il y a trois jours déjà... Mais comme la minute est passée, elle a remis le portefeuille dans la poche intérieure et François se réveille. Ce n'est ni Marguerite ni Clotilde. Il est inquiet et toujours entre deux voitures. Qui êtes-vous ?

Je m'appelle Christelle. Il la regarde en fronçant les yeux. Je m'appelle Christelle, j'ai presque dix-huit ans, je suis pas vraiment enceinte mais bon. Mon père s'est tiré dans sa Lorraine natale parce qu'il veut plus nous voir, ma mère m'en voulait à mort pour ça, j'ai même cru qu'elle m'avait virée de la maison samedi, samedi, vous savez, c'était juste après vous avoir vus, vous, votre femme et votre Anthony qui me disait plus rien, c'était horrible, juste horrible et là-dessus, je rentre chez moi, mon père qui est parti et ma mère qui me jette, horrible, alors que moi c'est juste le lycée que je voulais quitter, le lycée, vous entendez, quitter le lycée. Enfin, je voulais, je sais plus. J'ai aussi rencontré William samedi, quelle journée. Samedi soir en fait, lui, il m'a pas ignorée, il m'a aidée après l'épicerie, l'épicerie… Enfin bref, j'ai dormi dans son espèce de squat, on a passé le dimanche ensemble, c'était super, vraiment super, on a vachement parlé. On s'est même baladés dans un bois que je connaissais pas. Bon c'était pas trop ça avec son père le lendemain mais maintenant c'est moi qui l'aide. Il est avec nous depuis hier. En plus, William il écrit un roman, j'avais jamais lu un truc comme ça avant. J'ai même pris un bouquin chez lui mais rien à voir. William… on s'est… mais je sais pas, je sais rien. Je suis une adulte, je crois, et je veux Anthony. C'est lui que j'aime, je rêve, je rêve et je crois que… Voilà, j'aimerais être avec lui mais je sais pas, je sais rien, j'y pense plus. Ce sont pas juste des envies, c'est quelque chose qui m'attire chez lui. La première fois que je l'ai vu, c'était au lycée forcément. Je dis « forcément » parce qu'il y a que là que j'aie pu le voir. Juste ça, le voir. Rien d'autre. Je voulais autre chose justement, autre chose. Un jour, j'étais avec Aurélie et Wendy, on était à la grande table du hall, juste sous l'escalier, au lycée, enfin bref, j'étais près de lui et ses potes. Je l'ai entendu parler, je comprenais pas trop ce qu'il disait, il parlait de physique, je crois, mais dans sa façon d'être, dans sa façon de répondre à ses copains, j'ai tout de suite compris que j'avais raison. Que c'était lui. Je l'aime, je crois. Non, j'en suis sûre. C'est lui. Voilà, c'est lui, c'est sûr.

Mais elle s'arrête à : Je m'appelle Christelle. CHRISTELLE, vous entendez, elle est à genoux près de lui. Il se lève en s'éloignant d'elle. Elle, elle serre bien dans sa poche le portable qui contient l'adresse d'Anthony parce que c'est comme si ça la rassurait d'avoir son adresse, comme si ça lui disait quelque chose de lui. Elle ne sait pas trop où il habite, elle était tellement sonnée l'autre matin, c'était un vrai cauchemar. J'aurais pu crier que rien n'aurait changé, la mère toujours lisant son magazine, vous toujours en train de bouffer vos olives sur le comptoir qu'Anthony arrêtait pas d'astiquer. C'était ouf.

Pendant un instant, ils restent face à face, juste séparés par la portière qu'il vient d'ouvrir. Elle le regarde, hausse les épaules, se demande si elle reverra un jour Anthony et elle lui dit : Allez, ciao.

11

Chapitre 4 : la discothèque de Meyrueis

Castille et son acolyte Rocky nous invitent tous les trois à boire des petites « Pelforth brune » dans la salle du bar. Sandrine et Cécile sont trop heureuses et elles repartent vite fait danser de l'autre côté du comptoir. On pouvait les voir à l'œuvre toutes guillerettes et nous trois on rigolait en les voyant nous faire une petite chorégraphie du meilleur goût. Rocky se tourne vers moi et me demande combien de temps je reste par ici alors je raconte toute ma petite histoire. Je commence avec mes grands-parents en Bretagne, l'engueulade avec mon père, et le train pour venir à Millau et le camping avec mon oncle et ma tante et mon cousin Mickaël et c'est là que j'ai rencontré Cécile et Sandrine. Au camping d'Aguessac c'est les filles de voisins que mon oncle connaît. Il connaît tout le monde de toute façon dans ce camping.

On part aussi en camping la semaine prochaine, dit Rocky, en désignant Castille qui hoche la tête et il me demande si ça me dirait de venir avec eux. Il dit que c'est tranquille au bord du Tarn, c'est un camping à mon frère et il y a tout ce qu'il faut et il sourit. Les bals dans le coin il y en a pas mal et moi je réponds pourquoi pas en me demandant comment je vais gérer ça avec la family. Je pense au Loto foot où j'ai parié 80 balles avec mon oncle le délire. Comme tout le monde a fini sa bière et qu'il y a Eurythmics, on repart aussi sec danser dans l'autre salle, de l'autre côté du comptoir. Cécile et Sandrine ne ménagent pas leurs efforts et je leur fais un petit signe comme quoi les rois de la piste arrivent mais il y a une fille là-bas, juste dans le coin. Je ne vais pas la regarder mais tout de suite je me sens moins roi de la piste comme si elle allait m'observer ou je ne sais pas

trop quoi. On me pousse au milieu de la salle, et ça danse de partout, je ne pense plus à elle, je danse, ça s'enchaîne, je danse, j'entends distinctement : Everybody's looking for something comme jamais mais je ne pense à rien, Sandrine vient vers moi en rigolant puis je pense à elle, je fais exprès de danser comme ça. Elle est toujours dans son coin ?
Il y a des lumières de toutes les couleurs, de plus en plus de lumières, des couleurs sur les murs et la musique est plus forte et on chante, on crie c'est une pure folie ici. Some of them want to get used by you, j'ai jamais vu ça et à un moment on est tous les cinq vraiment comme des fous, on danse, on danse, elle est là, on se démène et la lumière éclaire un instant son visage et elle sourit, elle me sourit, me dis-je tout motivé. Ses yeux sont verts avec du vert, je ne sais plus comment ça s'appelle, le maquillage juste au-dessus des yeux. Mais si, tu sais, sur les paupières ? Rocky dit que non, il ne voit pas. Il le fait exprès et il boit sa bière et je vois ses petits yeux malins pas verts du tout au-dessus du verre. Elle m'a regardé tout à l'heure, j'en suis sûr. Ses yeux verts, ses cheveux blonds, j'y repense.
Ils sont tous les quatre au bord de la piste et ils rigolent en me voyant arriver. « Mais non, dit Sandrine, on ne parle pas de toi ! » Et Cécile ajoute en souriant « Tu as vu cette fille ? ». « Quelle fille ? » dit Rocky en faisant semblant de se maquiller les paupières. Là-dessus, toute la petite compagnie repart danser en rigolant et je regarde Sandrine danser. À un moment, elle se tourne vers moi, elle me regarde, ça ne dure pas longtemps mais ça me scotche tout net. Où est la fille aux yeux verts ? Je ne sais pas pourquoi, je me demande si je pourrais tomber amoureux de Sandrine. Imagine le truc, regarde-la en te disant que tu l'aimes. Je danse, tu danses, elle est où ? Nous sautons tous en l'air au début du refrain et le DJ s'adresse au public : « Attention Meyrueis, vous êtes là ? Je ne vous entends pas, Meyrueis vous êtes là ? »
On va reprendre des bières mais moi j'en ai assez des bières, Rocky. Plus

tard, elle s'approche de moi, je croyais que..., je ne la voyais plus, mais elle dansait, elle dansait. Elle me dit : « Toi, tu as vu *Flashdance* ! » Elle se fout de moi ou quoi. Après je crois qu'on a pris des cocktails. Il y a eu du chahut, du bruit, pas la musique, non, c'étaient des cris dehors, c'était quoi ? J'ai eu un moment d'absence. Elle me regarde. Les verres, le comptoir, la baie vitrée mais Rocky me sourit l'air de dire que c'est rien, c'est rien, d'ailleurs on n'entend plus rien, vous entendez ? On est vite retournés de l'autre côté et je la retrouve sur la piste de danse. « Vous êtes là, Meyrueis ? Meyrueis, vous êtes là ? » Ça nous a donné un coup de fouet, ce cocktail. C'était quoi ? On a re-dansé comme des fous, et elle était là, ses yeux verts, ses cheveux blonds. Elle était là, on se regardait, on dansait l'un en face de l'autre, longtemps comme ça.

On est allés dans la salle du bar, il y avait Rocky et Castille au comptoir qui me sourient. Ils nous font signe de regarder les deux copines qui dansaient, elles faisaient les folles pour les faire rigoler et ça marchait bien. Sandrine dansait en exagérant tellement les mouvements que c'était vraiment drôle et Castille en a même profité à un moment donné pour danser sur le comptoir. De l'autre côté, sur la piste, Rocky dansait aussi, je croyais qu'il était là mais non. Castille les regardait en souriant, et ils rigolaient tous les trois, avec Sandrine et Cécile. « De sacrés numéros », me dit Castille. Elle regardait tout ça en rigolant et je lui parlais de mon départ de la Bretagne, de l'arrivée à Millau mais elle ne voyait pas le rapport. Castille a donc commencé à monter sur le comptoir mais ça c'était trop et un des serveurs est arrivé rapidos pour lui dire de descendre de là mais toujours dans la bonne ambiance. « Il est drôle ton copain. »

Je ne la voyais plus. Où est-elle ? Je pense à ses yeux verts et il y a tellement de monde sur la piste. Il y a le coin sombre où on sirote un cocktail sucré. C'était quand déjà ? Je lui dis qu'elle a de beaux yeux verts et je me dis mais quel naze de dire ça. Je le lui dis et ça la fait rire. « Tu aimes bien cette musique ? » Elle rigole. « Ouais, ça va et on peut

aussi sortir », me dit-elle. « Sortir ensemble ? » Mais arrête mais quel con, me dis-je, arrête mais elle rit toujours.
Après la grande baie vitrée, c'est la nuit, vraiment la nuit, avec les étoiles comme jamais, le terrain nu c'est le parking avec les voitures, et je vois la 403 de Castille, les étoiles, et les rochers. Combien de temps on est restés là ? Au petit matin, il devait être cinq ou six heures, ils sont tous partis d'un coup de cette boîte, « L'Amelanquière », dans ma tête l'ambiance de fête, l'ambiance de dingos, le terrain nu sous les étoiles, comment elle s'appelle déjà ? « L'Amelanquière » sous les étoiles, mais il n'y a plus personne et les montagnes sont belles, dit-elle, et je vois les montagnes rocheuses tout autour. Tu vois moi je voudrais… mais attends, c'est mes potes qui sortent, et nous étions sur le parking, l'espèce de terrain je veux dire, la baie éclairée au loin. « Tu as vu, on dirait… » « Tu es parisien ? » Et il faisait un peu frais et la lumière du jour apparaissait faiblement, c'était brumeux et moi j'avais l'impression qu'on aurait pu la toucher là-bas, là-bas les champs en pente, mais c'est pas des champs, dit-elle, les champs qui entouraient le parking, puis elle ne rit plus, ses cheveux blonds, ses yeux verts. On se regarde.
Derrière des clôtures ou des petits murets en pierres, ils apparaissaient lointains et proches, j'aurais voulu courir, moi, courir dans la nuit étoilée, dans l'espèce de coton, de brouillard pénétrant, et elle serait là à côté de moi et elle courrait me regarderait me sourirait. Et il y avait bien quelques oiseaux qui marchaient d'un pas rapide mais saccadé, ils avançaient rapidement comme des automates, j'avais jamais vu ça, ils s'arrêtaient à intervalles réguliers mais j'ai rêvé ou quoi et nous pensions, nous avions l'impression qu'ils nous regardaient, qu'ils se méfiaient, et la brume sortait du sol, et cela faisait une couche cotonneuse et douce comme dans un rêve.

Sandrine est déjà dans la 403, je la vois dormir sur la banquette arrière et les oiseaux dans les arbres ont cessé de chanter, et il n'y a plus d'oiseaux nulle part, et il n'y a plus de bruit. Le soleil apparaît maintenant derrière la montagne, on pourrait aller faire un tour dans la montagne ? Castille et Cécile sont à côté, je regarde Rocky, le point lumineux orange de sa cigarette et à un moment il tourne la tête, il me sourit. « Le camping la semaine prochaine, l'ami Xavier ? » Je m'imagine dans la montagne avec elle et le lever de soleil à deux, nous n'avons pas besoin de rentrer, pas maintenant, c'est vrai et nous regardons les dernières voitures. C'est la fin de la fête, les petites Pelforth, les yeux verts, la cigale en mal d'amour, les cocktails trop sucrés, ce sont les derniers mouvements un peu lents des derniers fêtards fatigués, les dernières voitures, nous les regardons passer sur la route derrière les arbres, il n'y a plus que la 403 sur le parking terrain vide nu, un grand vide nous envahit. Où es-tu ? Nous regardons à nouveau les dernières voitures au loin, dans un dernier virage sur la montagne, enfin les voitures ne sont plus là. Enfin, nous sentons la fatigue, la faim, le froid.
Elle s'appelait Karine.

12

Mais revenons un peu à ce samedi midi. Christelle rentre chez elle, elle est un instant de dos dans l'entrée, devant la parka boudinée or de Fred, son frère, accrochée (la parka) à une patère qui ne soutiendrait même pas un contremaître standard. En tout cas pas un contremaître comme Ed, par exemple. Ed, vous savez, au premier chapitre. Elle se tourne, entre dans la cuisine et crie en direction du salon : Maman ! Elle l'appelle simplement, comme on appelle sa maman quand on rentre chez soi. C'est normal, non ? Normal en temps normal mais là avec ce qui s'est passé, avec l'engueulade d'hier, le lycée qu'elle veut quitter, le mariage, le bébé (quelle vieille idée aussi) sans parler de cette petite matinée fort peu sympathique avec la famille d'Anthony. Bref, pas de réponse. Elle retourne dans l'entrée, pose son sac toujours aussi rose et ridicule sur la console puis se regarde dans le miroir au-dessus. Elle soulève un peu ses cheveux, voilà, comme ça, elle s'observe un peu, on ne sait jamais, un bouton est si vite arrivé avec tous ces soucis.

Elle re-crie : Maman ! Rien. Décidément, elle est où, cette maman ? Elle n'entend rien ou quoi ? Elle se re-soulève un peu les cheveux, non, pas de bouton là non plus, ça a l'air d'aller, elle recule un peu, coup d'œil sur l'allure générale, tire un peu sur le blouson, c'est vrai qu'il est trop grand pour toi, se dit-elle. Il faudrait que je le rende à Aurélie. Elle pense à son frère puis à Anthony puis se dit : Bon, allons voir s'il y a quelqu'un dans cette baraque.

Y a quelqu'un ? demande-t-elle en entrant dans la cuisine et elle aperçoit Kévin, le fils des voisins, qui retourne vite fait dans le salon une fois qu'il l'a vue. Elle se demande ce qu'il fait ici, Kévin, et elle va boire un verre d'eau. Kévin passe maintenant derrière elle en courant et elle tourne la tête au même instant où elle dit que, elle allait dire que mais il est déjà sorti. Bizarre. Elle voit ensuite Fred, son frère, qui sort aussi du salon. Où est maman ? Mais lui non plus ne lui répond pas, comme si elle n'existait pas. Fred se dirige vers la gauche et monte dans sa chambre. Ça ne va pas recommencer ! Christelle fonce dans le salon en se disant que c'est trop bizarre, tout ça. Tout de suite, elle aperçoit sa maman avec la voisine à chignon et à ses côtés.

Elle s'approche, s'agenouille face à sa mère et ce serait presque silencieux s'il n'y avait un petit chant d'oiseau. Elle regarde sa mère. Chant d'oiseau par la fenêtre ouverte. La mère la fixe, la voisine est derrière. Rien pendant quelques secondes. Ça va, maman ? Ton père est parti. Petit chant d'oiseau. Christelle a les yeux grands ouverts. Elle ne comprend pas bien. Au travail ? Non, il est parti. Parti, répète sa mère. Foutu le camp. Chant d'oiseau. À cause de toi. Elle baisse la tête que sa mère prend dans ses mains pour la relever. Elle la regarde bien durement. C'est à cause de toi, ça. Il est retourné dans son putain de bled. Silence (sans oiseau). Après ce que tu as fait. Voilà. La mère, la fille, deux mines désolées. Christelle n'en revient pas, son père est parti, ou, plutôt, reparti, comme avant. Tu quittes le lycée, tu veux te marier, tu vas avoir un gosse. Tu pars sans donner de nouvelles. C'est bien, c'est la liberté. Lui aussi il part. Vous êtes bien tous les deux. Il est peut-être parti se marier lui aussi, remarque. L'oiseau s'est envolé ! La mère est maintenant silencieuse, elle regarde Christelle. Je suis bien lotie avec vous deux. En plus je tombe tout le temps sur ta messagerie. J'avais plus de batterie. Maman… Quoi, « maman » ? Tu ne veux plus aller au lycée, mademoiselle veut se marier. Elle nous annonce qu'elle est enceinte et son père ne trouve rien de mieux à faire que de se tirer au même moment. Christelle baisse les yeux. Tu viens m'annoncer que tu veux partir toi aussi ? C'est ça ? Mais pars. Pars, je ne te retiens pas.

De loin, la première chose qu'on devine, c'est ce grand blouson bien trop grand pour toi, Christelle, ta mini-jupe aussi, elle dépasse, elle fait comme un galon rose en haut de tes jambes, juste sous le blouson. Au-dessus, tes cheveux blonds, longs, bouclés, bougent un peu avec le vent, le vent léger, comme bougent aussi un peu les arbres en arrière-plan mais il y a du soleil. Les arbres, un peu de vent, le soleil, ce serait le printemps.

Tu passes devant des petites maisons, des jardins avec des clôtures stylisées ou des petits murets, il y a des immeubles, trois, quatre étages, les trottoirs sont déserts, tu regardes des voitures garées, un arbre fleuri. Tu t'arrêtes devant un grillage, tu t'approches et tu y accroches tes doigts. Tu es de face, le visage en grand, l'air désolé. Tu approches ton visage, le grillage s'imprime. Tu t'appuies, t'appuies dessus, tu vas presque pleurer. Tu recules un peu, tu baisses la tête et te laisses tomber sans penser à rien, avec cet air de ne penser à rien, les yeux tristes et triste ton visage et tu t'appuies sur le grillage, tu descends, tu glisses contre le grillage et c'est comme si tout partait, tout partait. Tu ne penses plus à hier après-midi, à hier soir, à cette nuit, ce matin, maintenant. Tu vas faire quoi ? Tu ne sais pas ? Tu n'y penses pas. Le mariage, le bébé, n'importe quoi. Tu y penses. Qu'est-ce qui t'a pris ? Et puis, tout défile à nouveau. Vas-tu pleurer ? Ton visage sur le grillage. Vendredi, c'était ta soirée, c'était ta nuit. Ce matin et puis maintenant. Maintenant. Tu veux partir toi aussi ? C'est ça ? Comme dit ta mère. Les mots de ta mère. Tu ne l'avais jamais vue comme ça même si. Tu ne sais même pas où aller. Et ton père ? Ton père parti, ça ne t'étonne pas, ta mère qui te vire, tu ne sais pas, tu es mal mais ton père parti, ça ne t'étonne pas. Ta mère en avait déjà parlé de ces départs, tu te souviens ? C'était il y a longtemps, quand il était jeune. Tu n'étais pas née, Christelle. D'ailleurs vous n'étiez pas nés, toi et Fred. C'est vrai que ça lui arrivait parfois de rentrer chez lui, mais il avait un métier difficile à l'époque, il était encore trop dépaysé, de vivre ici, c'était dur pour lui, et j'ai compris que c'était une excuse, il l'a fait de moins en moins, et puis vous êtes nés, toi et Fred et maintenant il ne partait plus, jusqu'à aujourd'hui, aujourd'hui à presque cinquante ans, c'est différent, ça doit être un vrai désir, une envie, c'était l'occasion avec une fille comme toi, c'est de ta faute, Christelle. De ta faute.

Rapidement c'est le soir et elle voit la pancarte « HALTE ÉPICERIE », la porte grossièrement peinte en vert, des fruits et des légumes sous un vieux filet, la porte en bois. Dreuligne-dreuligne. À l'intérieur, on voit sa tête sur fond de réfrigérateur plein de bouteilles. Elle se dirige d'un bon pas vers trois cannettes de bière ultra-forte, qu'elle pose ensuite sur le petit comptoir derrière lequel un monsieur en blouse bleue lui dit : Bonsoir, mademoiselle. Elle regarde les bonbons en attendant, apparaît 6,60 en vert sur l'écran de la caisse. Dreuligne-dreuligne. Elle ne remarque rien, et il n'y a rien à remarquer me direz-vous, c'est vrai, juste le bruit de cette cloche fixée au-dessus de la porte, et elle pose tout son trésor pécuniaire sous la forme d'un billet de cinq euros ici présent mais c'est six euros soixante, mademoiselle. Ah… oui… Six euros soixante. Il y a trois jeunes hommes devant les boissons. L'un d'eux se tourne vers elle. Christelle hésite, elle n'est pas à ce qu'elle fait. Vous avez un euro soixante, mademoiselle ? Assez fort, celui qui s'est tourné dit aux deux autres : T'as vu, elle a pas assez, « mademoiselle ». Elle cherche de la monnaie, elle aurait bien un euro soixante, non, pas là, dans cette poche peut-être ? On pourrait peut-être l'aider, nan ? Hé 'gro, t'as bien deux balles à lui refiler. Il rigole. Maintenant, elle les entend distinctement. L'épicier les regarde. Elle regarde dans sa poche, il y a son porte-monnaie, mais il n'y a rien dedans, en fait elle en est sûre, elle le revoit, cinq euros, tout à l'heure, quand elle marchait, elle a regardé, juste un billet de cinq. Elle regarde quand même, elle ne sait pas quoi faire, l'épicier la regarde l'air absent ou hésitant ou les deux, les trois autres sont toujours devant les boissons, ils rigolent, ils la regardent, ils sourient.

Elle dit : Je vais en prendre que deux et elle va reposer la troisième. L'épicier lui dit de la laisser là, qu'il va le faire, mais elle est déjà partie et déjà elle le regrette. Elle dit : Pardon, repose la cannette et les deux jeunes hommes s'écartent exagérément. Ils ne disent rien. Elle revient au comptoir, elle entend : Attendez. Mademoiselle. Mademoiselle, regardez j'ai trouvé deux euros par terre. Non, ne te retourne pas, surtout ne te retourne pas, tout en sachant que de les ignorer... alors elle se retourne. Elle en voit un, avec une cannette dans une main, une pièce de deux euros dans l'autre, qui lui tend les deux. Non, non merci, ça va aller. Silence et puis : Comment tu t'es pris un vent. Quoi, vous en voulez pas ? Non, ça va... ça va, merci. Elle entend les deux autres qui rigolent. Non, mais, sérieux, je vous les donne, les deux euros. Allez, quoi. Non, mais ça va, je vais y aller. Tiens, regarde, je mets par terre la pièce, t'as qu'à venir la chercher. Laissez-moi. Arrêtez les jeunes, laissez-la. Allez, viens les chercher à quatre pattes. Ils rient sauf celui qui a parlé. Laissez-la, les jeunes. Vazy reste trankil toi. T'en veux pas de mon fric, hein. Tu préfères autre chose ? Vas-y, mets-toi à quatre pattes, on va même te donner aut'chose sérieux. Les autres ne rigolent plus, il y en a un devant la sortie. Il s'approche d'elle, t'en veux pas ? Il lui attrape le poignet. Elle dit : Lâche-moi, elle commence à paniquer. L'épicier sort de son comptoir, il s'avance et il entend : Tu veux faire le bonhomme, toi ? Bouge pas, t'entends, bouge pas.

Plus tard, elle se souviendra d'un violent chahut dans l'épicerie, d'avoir été ceinturée, qu'elle a crié ensuite, peut-être en sortant ou c'était plus tard. Plus tard, ils étaient dans une Clio blanche, étonnamment elle se souviendra que c'était une Clio, elle qui ne connaît rien aux voitures, elle se souviendra aussi s'être dit : Calme-toi, ça va aller, calme-toi. Ils sont arrêtés dans une petite ruelle. Elle est à l'arrière, entourée de deux petits voyous qui rigolent. L'autre, celui qui l'a appelée tout à l'heure, est au volant, il ne rigole pas, lui. Peut-être a-t-il peur ? Ou pas. Peut-être qu'il ne voulait que rigoler un peu, lui. En un instant, tout s'est enchaîné, vous savez, après on peut plus revenir en arrière, les deux autres qui rigolent, la voiture, cette fille derrière, le samedi soir, on était partis à l'épicerie, on voulait aller à… Mais on n'est pas méchants quoi, on voulait juste rigoler comme ça. Le samedi soir, on galère trop des fois. On va là, après on traîne un peu vers la Marne ou dans le centre. Des fois, on va même sur Paris. Plus personne ne rigole maintenant. Bientôt, il fera nuit et alors. Et alors quoi ? Peut-être qu'il la trouvait bien, cette fille, lui ? Qu'il ne savait pas comment faire ? Qu'il aurait voulu que. Peut-être qu'il ne pense à rien. Les sentiments contradictoires, vous connaissez ? Son existence qu'on montre, maladroitement, toujours maladroitement, et puis les envies contrariées, et puis traîner, et puis la violence, vous connaissez ? Vous ne connaissez que ça, notre violence.

Elle demande une cigarette, elle se fout d'nous, elle a pas deux balles, elle a pas de cigarette, t'es quoi ? Mais le conducteur lui en donne une. Elle ne l'allume pas tout de suite, elle dit qu'elle sortirait bien mais il ne se passe rien. S'ensuivra une discussion de plus en plus agressive sur le fait qu'on ne fout rien là, qu'on attend quoi sérieux. On y va, wesh ?

13

C'est samedi soir et William, qui va bientôt rencontrer Christelle, se dirige vers son petit nid pas trop douillet puisque c'est une maison de ville à moitié abandonnée. Il n'y a même plus de vitres aux fenêtres, que du plastique. Une si belle maison en plein centre-ville, avec les héritiers pas d'accord, c'est toujours le même cinéma, les années qui passent, la maison se détériore, devient un squat ou un repaire de clochards ou un pseudo-centre culturel nommé « La Lanterne » vaguement animé par deux ou trois originaux du coin dont un prénommé William qui s'allume présentement une petite cigarette en regardant par une vitre en plastique.

Ici, tranquillement, bien tranquillement, pas de père tonitruant, plus de boulot, coupé de tout, c'est la nuit et William écrira. Il commencera par fumer une autre cigarette, l'air pensif. Ensuite, lentement, il sortira son manuscrit intitulé *Les deux Hollandaises dans la tente*. Il sourira parce que c'est un bon titre, ça, qui lui donne plein d'images, plein d'idées saugrenues ou qui ne ranime peut-être que des souvenirs adolescents. En tout cas, il y a deux Hollandaises qui arrivent en pleine nuit dans la tente où vous dormez avec vos deux potes Castille et Rocky, deux Hollandaises, deux grandes blondes que vous avez regardées monter leur tente l'après-midi même. Elles n'ont pas mis de double toile à leur tente, pas de protection, elles se sont contentées de mettre la partie habitable, et maintenant qu'il y a un de ces orages terribles typiques du Sud de la France qui vous fait bien flipper, elles viennent, elles sont là. Juste devant votre tente, les gars. Je vous jure. Mais regardez si vous me croyez pas !

Il écrira donc tout ça tranquillement tout à l'heure, pendant des heures, pendant toute la nuit peut-être. Il s'arrêtera parfois, léger, pénétré et fatigué, il en ressentira un léger vertige, un bien-être diffus. Parfois, il s'arrêtera également pour regarder quelques notes, il pensera aux paysages de l'Aveyron, il regardera à nouveau ses notes qui lui donneront envie de continuer, de décrire ce paysage, de parler du passé, de ce qu'on en a dit, et ça prendra des directions inattendues, avec des aventures vraies ou fausses, peu importe. Fatigué mais content, épanoui, heureux, il relira quelques passages. Une dernière cigarette en buvant une bière et en regardant la rue déserte avant d'aller se coucher sur un matelas de fortune.

Au petit matin, comme les personnages du « Chapitre 4 », William regardera le lever du soleil, la légère rosée sur le gazon des jardins environnants, et ce seront les bruits de la banlieue qui s'éveille, des enfants sur les trottoirs, des parents qui s'agitent, quelques voitures qui démarrent, bientôt l'école, penser à passer chez le tailleur pour l'ourlet, textoter aux parents de Jérémie pour la soirée pizzas avec Camille vendredi prochain. On le verra alors sortir de cette maison, de cette « Lanterne », pour rejoindre celle de son père. Mais il sera calme et rasséréné, cette fois-ci.

Ah non, mais non ! Non et non, c'est pas vrai ! Il constate que non seulement il a oublié ses clés mais il a surtout oublié son carnet de notes. Les clés de la maison, il dit toujours : Chez son père, ce n'est pas grave, il peut toujours passer par la véranda de derrière mais pas de carnet, pas de notes, pas celles de la veille, pas d'écriture possible même si le manuscrit est devant lui.

Il est à peine minuit, il n'y a plus d'aboiements. Il se lève, se dirige vers la sortie, prend l'avenue des chênes, traverse d'autres petites rues calmes, sans histoires, quelques fenêtres sont animées des lumières télévisuelles avec des sons assourdis, comme des coups de feu, peut-être un débat politique ou des rires. Il passe près de lampadaires à la lumière orange qui fige les pavillons en meulière, les petits pavillons blancs ou marron, les géants, les reconstruits, les agrandis, les biscornus et il arrive maintenant à la place de l'église, il est juste devant, et il traverse l'espèce de petit square. Il s'arrête, il n'entend aucun aboiement et ses lèvres se desserrent quand il voit une jeune femme assise sur l'herbe, là-bas, presque allongée, et qui tousse.

Le blanc des manches de son blouson trop grand pour toi ressort vivement du coin où elle se trouve recroquevillée. Elle a les yeux rouges et gonflés. Il s'approche, la regarde, étonné ou perplexe. Il regarde ses mains qui tremblent. Vous allez bien ?, lui demande-t-il. Vous voulez quoi ? Il recule doucement dans l'ombre. Rien. Elle, elle l'observe avec un air fatigué, des yeux cernés, quand l'ivresse se dissipe, quand on voudrait dormir mais qu'on est encore un peu trop ivre. Méfiance. C'est qui, ce mec ? Elle reste silencieuse, elle n'a même plus peur. D'avoir eu trop peur, elle n'a même plus peur. Elle le regarde, elle ne se dit rien. Parce que rien ne peut m'aider, dit-elle tout de même du bout des lèvres. Vous avez bu cette bière ? Mais elle ne répond pas. Et vous, vous vivez par ici ? Pas loin. Moi, j'ai nulle part où aller. Et alors ?

Et alors ses yeux à elles semblent lui dire de laisser tomber, j'ai rien dit, je sais même pas pourquoi je t'ai dit ça. Ses yeux semblent lui dire : Tu vois, j'ai eu une sale journée, même pire, tu peux pas savoir, la pire journée de ma vie mais je veux… je peux rien t'expliquer alors laisse-moi… s'il te plaît… je voudrais simplement… Laissez tomber, dit-elle. Silence. Il la regarde, un peu étonné. Elle lui demande : Vous voulez quoi ? Je vous l'ai dit, rien. Alors cassez-vous. Il s'approche d'elle. Cassez-vous. Mais il ne part pas, il est maintenant à côté d'elle, accroupi. Vous voulez quoi ? dit-elle doucement.

Alors, alors il faudrait la laisser baisser les yeux, la laisser les fermer même, et puis expirer doucement, n'entendre que leurs respirations, de sorte qu'ensuite elle bégaierait, elle se reprendrait, non, elle se tairait, elle ouvrirait un peu les yeux, elle regarderait un peu le sol, un peu absente, toujours un peu ivre, mais elle se raffermirait, elle respirerait mieux. Ce serait à nouveau le bruit lent, doux et monotone de leurs respirations. William la regarderait. Ses yeux qui tressautent, ses mains qui s'agitent, ses lèvres qui bougent. Mais surtout : ses cheveux blonds, ses yeux verts. J'ai besoin d'un endroit pour dormir, dit-elle enfin. Alors ils se regarderaient vraiment.

14

Chapitre 6 : les deux Hollandaises

Le tonnerre gronde franchement et je n'aime pas trop ça, moi. Ça m'angoisse mais à un point, enfermé dans la tente orange avec Rocky et Castille en plus. Le tonnerre, tu ne peux pas savoir. « C'est une peur enfantine, mon coco ? », me demande Rocky en rigolant à moitié mais l'éclair énorme, là, t'as pas vu ? « Allez, arrête de flipper. » Et tu regardes les deux copains Rocky et Castille qui s'en foutent royalement de l'orage, tu te dis que c'est pas vrai mais alors c'est pas vrai, et ça ne me rassure même pas, me tranquillise même pas de les voir toujours aussi tranquilles, allongés sur les matelas gonflables avec les rustines rouges, la vieille musique de Mike Oldfield ou de Pink Floyd en gros fond sonore bien planant. Castille roule même un joint comme si j'avais la tête à ça, moi.

Je vais aller dans la 403 au moins isolée du sol avec les pneus en pneu alors que notre fichue tente ressemble à un attrape-foudre (bientôt un attrape-cœurs !) avec ses tiges en ferraille toutes bien pointées vers le ciel, j'en suis sûr, la peur que j'ai, bleue, bleue et je ne pense plus aux yeux verts, verts. Ni à Sandrine retournée dans ses Côtes-du-Nord ni à Cécile dans son Pas-de-Calais. Sonia aux seins blancs, n'en parlons pas !

Et voilà qu'il pleut comme si on nous versait des baignoires dessus, et ça dure, et ça dure, lorsque tout à coup les deux jeunes Hollandaises d'à côté viennent subitement près de notre tente orange. Et la tente orange s'ouvre sur des silhouettes féminines toutes mouillées. L'une d'elle demande en un français approximatif si elles peuvent entrer et je regarde Rocky qui me regarde, avec un air ahuri, puis un petit sourire, on a dû croire une seconde que c'était un voisin, qu'il y avait un problème, on ne sait jamais, comme avec celui d'en face qui est venu encore nous engueuler pour toutes les bouteilles vides sur l'emplacement mais, quand même, il pleut à fond, là. J'ouvre et je les vois toutes les deux, puis la mine halluciné de Rocky. « On peut entrer dans ta tente ? », demande l'une d'elles. « Tu vois, le coup de foudre, c'est pas ce que tu croyais ! » Là, il se croit malin le Rocky qui me fait rire puis il dit : « Ouais mais entrez, entrez », et il faisait déjà noir dehors avec l'orage, et il n'y avait plus aucune étoile morte ou pas, les étoiles mortes qu'on voit encore, il nous en avait parlé, son frère, maintenant le Tarn au loin qu'on devine dans l'obscurité.

Elles rentrent et, là, on est tous les trois encore ahuris et elles nous disent qu'elles n'avaient pas mis de toile de protection sur leur tente, sur l'habitacle, et on l'avait effectivement vu, l'après-midi même. Castille avait dit que c'était pas mal de mettre la tente juste comme ça, ça rafraichit l'atmosphère. Il voulait dire autre chose, je ne sais pas, mais on a repris une petite Pelforth parce qu'elles ne nous disaient toujours rien, et elles ne réagissaient pas à nos vieilles blagues. On était trop à la coule sur notre emplacement, un vrai foutoir, c'est vrai. Allez, reprenons une petite Pelforth, les amis, devant le spectacle de ce montage de tente. Ce n'était pas longtemps avant d'aller se balader au bord du Tarn avec les rochers en U de l'autre côté, puis d'aller voir l'autre gravure de mode à la buvette avec ses amis, les pros de la pétanque, mais ne pas mettre de deuxième toile, j'avais jamais vu ça, moi, elles pensaient peut-être qu'il ne pleut jamais dans l'Aveyron, les malignes mais elles le sont moins maintenant ou, peut-être que non, finalement, peut-être sont-elles très malignes, allez savoir avec les filles et, sans même penser qu'on n'a que la place pour trois, et encore, on est comme trois immenses sardines couillonnes allongées et bloquées les unes à côté des autres, on leur dit : « avec plaisir » ou « volontiers » ou « entrez donc mesdemoiselles » ou quelque chose d'approchant mais dans un style bien moins soutenu, of course.

Et au petit matin, Et au petit matin, dans la blancheur matinale de la lumière matinale, maintenant assise sur l'espèce de lit où elle a dormi, se caressant délicatement les lèvres, elle cesse de lire. Ses yeux verts sont cernés de noir et ses ongles roses ne caressent plus ses lèvres roses car William entre. Elle pose le manuscrit sur la petite table où lui-même pose deux croissants au beurre et un petit gobelet de café. Il va à côté de la fenêtre plastifiée, il regarde au loin. Ça va ? Bien dormi ? Ça va, dit-elle, mignonne comme tout, juste avant de boire tout aussi mignonnement une petite gorgée de café. C'est chaud. Elle va prendre un croissant, mais elle le regarde. Vas-y, vas-y, c'est pour toi, sers-toi, dit-il. Il se tourne vers la fenêtre, puis se retourne puis demande : Tu as fugué ? Elle repose le gobelet et dit que sa mère l'a virée de chez elle, monsieur le commissaire. Il la regarde. Je demandais comme ça.

Mais quand elle dit que sa mère est horrible, qu'elle voulait juste quitter le lycée, et puis que son père est parti et que sa mère s'en prend à elle maintenant, là, il la regarde avec intérêt. Il observe ses longs cheveux blonds et bouclés, peut-être même un peu ses yeux verts, son accoutrement post-adolescent et tape-à-l'œil mais, surtout, il l'écoute attentivement. En rentrant d'une fête, la veille, même son frère ne lui parlait plus. Elle ne comprenait pas. Elle s'était disputée avec ses parents, c'est vrai mais c'est souvent comme ça. Elle se tait, semble réfléchir… Ça n'a jamais été comme ça en fait, murmure-t-elle. Elle se reprend : Et puis, il y avait le fils des voisins qui m'ignorait, même Fred, mon frère… C'était trop bizarre comme ambiance. J'ai vu ma mère dans le salon. Elle m'a dit que c'était de ma faute. Au début, je comprenais pas, c'est vrai que je voulais quitter le lycée, je leur avais dit… Elle m'a dit de partir, elle voulait plus me voir et pour l'enfa… enfin que si je voulais plus aller au lycée, c'était mon problème. Elle se tait, elle pose le morceau de croissant et baisse la tête. Elle sanglote un peu, puis le regarde en souriant.

Tu n'as pas froid ? Tu veux que j'aille te rechercher du café ? Non, ça va… J'en ai encore. Des croissants ? Elle rigole tout en sanglotant encore un peu. Non, non… j'ai plus faim, j'ai un peu mal au ventre en fait. Elle reprend le gobelet, le regarde à nouveau. Le café, ça me fait du bien quand même, ça me réveille. Je suis un peu cassée. Ça arrive, dit-il en souriant. Il est toujours debout, à côté de la fenêtre. Tu veux un Doliprane ? Elle est toujours sur le lit, mais adossée au mur décrépit. Non, merci, ça va passer. Je vais me lever. Qu'est-ce que tu vas faire ? Je sais pas. Tu ne vas pas rentrer chez toi ? Ça non !

J'étais grave hier, non ? Il la regarde et lui dit qu'il a vu pire. Pire ? Non mais ça allait, tu ne te souviens pas ? Si, les flics au square avec l'arrosage ! Ils se sourient puis il lui dit qu'il ne s'est pas passé grand-chose d'autre, tu sais, on est venus ici, tu t'es couchée là. C'est tout. C'est toi qui as écrit ça ? Il la regarde. Oui. C'est drôle, je veux dire, j'ai jamais lu un livre comme ça, enfin écrit comme ça quoi, sans ajouter que ça lui change de ses romans à couverture argentée. C'est pour écrire que je suis venu ici hier. Je pensais continuer, je voulais en fait mais je n'avais pas mon carnet de notes. J'étais parti pour le chercher chez mon père quand je… Il n'est pas là, mon père, le week-end mais je suis mieux ici. On peut aller chez lui, si tu veux. Tu pourras te prendre une douche. T'es sûr ? Oui, il ne rentre que demain soir, dit-il sincèrement. Elle le regarde. Ça te fera du bien, une douche. Silence. Et puis, il reprend : C'est drôle, je passe jamais par l'église.

Silence.

Sauf là, hier soir.

15

Dans un atelier de la banlieue parisienne d'un lundi après-midi, où se trouveraient des établis avec tout un tas d'engins, il y aurait un petit bonhomme à moitié chauve qui porte une blouse blanche entrouverte sur une cravate bordeaux rayée de deux petites bandes bleues. Son prénom ? Édouard, Édouard surnommé Ed. Son nom : Crémieux. Mais on le connaît ! C'est l'homme au portemanteau ! Dans son bureau tout vitrée qui donne sur l'atelier, Édouard Crémieux écrit en appuyant méchamment sur son stylo. Et si on aperçoit un petit bout de langue entre ses deux fines lèvres bien serrées, c'est parce qu'il s'applique. Devant lui, des cartons blancs, des cartons marron, des sacs de billes de mousse sont régulièrement transportés sur un chariot à roulettes par une ouvrière à blouse et charlotte blanches dans un bruit continu de cliquetis. Ed est heureux, William n'est plus là, tous l'écoutent, le respectent même s'il subsiste encore quelques sourires téméraires. Question de temps, que tout rentre dans l'ordre. Ça ne fait que depuis vendredi qu'il n'est plus là !

Pourtant, non, c'est pas vrai, Ed se fige, c'est pas vrai… Mais non ! Mais si ! C'est bien Delalande qu'il voit entrer par la porte métallique au bout de l'atelier. Mais il ne travaille plus ici ! Garnier me l'a assuré vendredi soir. Ne vous inquiétez pas, monsieur Crémieux. Je l'ai appelé, l'échange a été assez vif. Il ne reviendra plus, ce n'est pas sa place, ici. De toute façon il était en période d'essai, finit-elle par dire en un murmure mélancolique. Mais comment… Comment il a fait pour passer la sécurité à l'entrée ? Son badge a dû être désactivé. Des accointances, j'en suis sûr, se dit Ed qui a parfois des accès de langage soutenu.

William marche devant des étagères métalliques où sont posées des carcasses électriques en attente. Il voit Ed de loin qui le regarde sans bouger alors, pour le détendre, il lui fait un petit signe de la main parfaitement courtois. Ed semble pétrifié. William lui montre ses deux poings qui font mine de soulever quelque chose (plutôt quelqu'un) puis il indique la direction du portemanteau retiré depuis le déplorable incident de vendredi. William sourit et Ed se souvient des deux ouvriers qui ont dû prendre un petit escabeau pour le décrocher. Il vaut mieux, monsieur Crémieux, on ne voudrait pas vous faire de mal. Deucreucheu-meu, euuuuh, dépeucheu-veu ! Oui, oui, on fait ce qu'on peut. Les ouvriers des deux côtés, les muscles des ouvriers qui roulent près des yeux d'Ed, l'élan envisagé, à la une, à la deux, le portemanteau qui lâche et Ed qui se retrouve par terre. Les rires.

William, qui regarde toujours Ed avec un grand sourire, se dirige vers l'autre côté de l'atelier, traverse une sorte de sas, et prend un ascenseur dans une petite pièce borgne. Un, deux, « deuxième étage » dit une voix féminine, la porte s'ouvre sur un « open space » mais personne ne prête attention à lui. Il regarde son poste près de la fenêtre à droite sans émotion apparente et arrive rapidement devant le bureau vitré et en hauteur d'une cheffe deux fois plus âgée que Christelle. Il toque à la porte. Entrez ! Alors il entre, il se dirige vers madame Garnier qui, ô surprise, a les cheveux coiffés en toupet, elle porte aussi de grandes boucles d'oreilles dorées, et elle lui demande (crie) : Mais qu'est-ce que vous faites là, vous ! Comment avez-vous pu entrer ? Il est devant elle, il attend un instant qu'elle se calme un peu et dit qu'il veut revenir, voilà, il veut retravailler ici, comprend-elle. Vous n'y pensez pas. Après ce qui s'est passé vendredi. On en a parlé au téléphone, je crois ! Mais elle ne crie plus, peut-être est-elle intriguée par son retour ? Vous pouvez donc retourner d'où vous venez, monsieur Delalande. Ici, ce n'est plus la peine. D'ailleurs, monsieur Jacquelin a dû vous... Écoutez, je voudrais vraiment revenir. Je vous promets que je n'irai plus voir Crémieux. Il fallait y penser avant. Je ne comprends même pas que vous osiez revenir. Quitter son poste, accrocher Crémieux mais, en disant cela, elle ne peut s'empêcher d'esquisser un petit sourire que William doit surprendre car il ajoute immédiatement qu'il en a vu d'autres dans l'atelier, Crémieux, vous savez. C'est rien, ça. William sourit. Rien ? Elle reprend son sérieux. Pour vous, attenter à l'intégrité physique d'un responsable, c'est rien ? Ce n'est pas ce que je voulais dire. Quitter, abandonner son poste, c'est rien ? On ne peut pas vous faire confiance. Vous savez pourquoi on s'est disputés, hein, vous le savez ? Je vais vous demander de sortir maintenant, monsieur Delalande. On me demande d'élaborer des systèmes de vérification, de respecter des « process » auxquels on ne comprend rien... Je vous ai demandé de sortir, pourtant elle dit cela moins fort, c'est même doux, comme une caresse, comme si elle voulait. Voulait quoi ?

William se tait, il la regarde, ils se regardent. Elle lui sourit, mais pas de ce sourire ironique ou dominateur de cheftaine, non, pas du tout, c'est un sourire presque ému, un poil hautain, certes, l'air de dire : Vous êtes quand même un sacré numéro mais, à nouveau, doucement cette fois, elle lui dit que c'est impossible. Catégoriquement impossible, monsieur Delalande. Ils ne se regardent plus, même s'ils sont tous les deux face à face. Vous imaginez peut-être qu'on peut accepter ce genre de comportement ? Quand même, elle le regarde à nouveau, elle s'est levée, comme si elle était curieuse, comme si elle voulait savoir quelque chose. Elle ne lui dit pas que c'est grâce à elle qu'Ed ne porte pas plainte, elle ne lui dit pas qu'Édouard Crémieux disait : Mais, enfin, quoi ! Ce malade m'accroche (« m'euccreuchheu ») au portemanteau et je dois la fermer ? Ne pas porter plainte ? À chaque fois qu'il vient dans l'atelier, c'est pour nous chercher des histoires. Ça devait finir comme ça. Il est fou, ce type. Et vous voulez que je laisse passer ça. Que je laisse passer ça ! William la regarde, il dit qu'il est désolé pour vendredi, vraiment désolé.

Maintenant elle semble plus stricte face à lui qui baisse les yeux, elle ne le voyait pas comme ça, à s'excuser, elle en est peut-être un peu déçue alors elle répond qu'il n'y a pas que ça, monsieur Delalande. Et elle se rassoit et elle fixe son ordinateur et lui la regarde en disant : C'est quoi alors ? Ces remarques, là, ces critiques que vous faites sur la gestion de l'entreprise. Ils se regardent, elle est toujours assise, lui se lève. Et alors ? Alors, ce n'est pas ce qu'on vous demande. À ce que je sache votre responsabilité s'arrête à la gestion des stocks, éventuellement à la vérification de certains appareils. Vous pouvez tout à fait avoir vos idées, en parler, mais pendant votre temps de travail, je vous prierais de... Vous me reprenez ? Non, je veux dire... On vous le reproche, on vous le reprochait. Écoutez. Mais je bossais bien, non ? Là n'est pas la question et elle lève le bras droit tout en baissant la tête, en ne disant plus rien comme si l'entretien avait assez duré, monsieur Delalande. Voilà on arrête, j'ai du travail maintenant. Mais ça change quoi ? Silence. Sa voix, à elle, presque frêle dit qu'elle n'y peut rien, ce qu'il peut être pénible. Pénible mais pourquoi pas ? Pourquoi pas, après tout ? Delalande, pour tout vous dire, je l'aime bien, en fait, je...

Je me souviens de la première fois où je l'ai vu. Il était là, juste là, à ce bureau en plein « open space » parce que Frémion trouvait que les entretiens devaient être ouverts, qu'il n'avait rien à cacher. Je le regardais, je m'étais levée, j'étais juste à côté de la porte mais il ne pouvait pas me voir. Les stores baissés, vous comprenez. J'ai tout de suite senti une personnalité assez sauvage, pas le genre à se laisser intimider ou à faire des manières pour avoir ce travail. Frémion faisait comme à son habitude, tout d'abord le gentil, félicitant le candidat, remarquant certaines capacités, une bonne expérience par-ci, un passe-temps profitable à l'entreprise par-là, avant, tout à coup, une fois que le candidat se sentait plus en confiance, de poser une question bien vache ou de relever un problème dans le CV et de regarder le candidat droit dans les yeux. La plupart sont désarçonnés et c'est un petit spectacle d'autorité pour les autres. Je regardais, je n'entendais rien mais je devinais que, là, c'était différent. Les gens ont peur de vous en plus. Mais elle ne le lui dit pas. Finalement, c'est peut-être ce qu'elle apprécie chez lui, ce qu'elle admire, cette crainte qu'il inspire, son intransigeance aussi, ça la fascine même si... Elle... elle...

Elle s'imagine Delalande dans un autre lieu, à un autre moment. Cette image se superpose avec celle d'un jeune homme de passage à Auxonne. Elle avait vingt-deux… vingt-trois ans peut-être. Elle revoit la petite chambre à l'hôtel de la gare, les fleurs sur le papier peint, les balades dans la ville, comment ils s'étaient arrêtés au bord de l'eau, le temps couvert, un peu grisâtre, cette fraîcheur pourtant printanière, cette liberté, cette insouciance, l'impression que tout est possible.

On s'était réfugiés vite fait sous une porte cochère quand il a commencé à pleuvoir. Tout de suite, tu m'as prise dans tes bras, je n'ai même pas pu parler, tu m'as embrassée, embrassée et j'entendais la pluie tomber de plus en plus fort, et je sentais l'odeur de l'herbe humide, on s'embrassait, s'embrassait, j'ai à peine ouvert les yeux, la vieille église, la ruelle déserte, je m'en souviendrai toujours. Ç'avait duré trois jours. Trois jours, ce séjour. L'arrivée ensoleillée, le réceptionniste qui ne comprenait rien, la « chambre aux fleurs », la brasserie gourmande, nos balades, la porte cochère et la pluie. Enfin le dernier jour, le quai, les au revoir déchirants près du train pour Dijon mais ne t'inquiète pas, on va bientôt se revoir. Tu sais, je… mais elle n'ajoute rien. Ils sont sur le marchepied de la voiture 17, il va bientôt rejoindre sa place, ils ne peuvent pas se quitter.

Il monte, le train va partir, elle est sur le quai, il lui fait signe à travers la vitre en souriant. Ils vont se revoir. William remue un peu la tête et dit qu'il sera désormais sympa, ça détonne ce terme, « sympa ». Mathilde sourit mais elle est triste. Sympa avec Crémieux, il le promet. Mais c'est catégoriquement impossible, monsieur Delalande. Catégoriquement. Ils ne se sont jamais revus.

16

Imaginons Christelle nue dans sa serviette rouge enroulée autour du torse (juste au-dessus des seins). Elle vient de prendre une douche, une bonne douche bien chaude, pas comme samedi soir avec les policiers ! Et, maintenant qu'elle est dans la cuisine toute blanche, elle se met une belle petite tranche de pain de mie dans le grille-pain que voici. On la voit de dos pendant un instant mais elle se retourne avec une cigarette entre les lèvres et on se dit que quand même quand même mais on ne va pas plus loin car on la voit maintenant passer devant la machine à laver avec un verre de lait dans une main et un tupperware contenant tout plein de petits légumes dans l'autre.

Elle pose le tupperware sur le plan de travail blanc où est déjà posé un pack de six bières et un poste de radio pas rose. Il y a aussi une tasse blanche, juste là. Elle est de profil, Christelle, et hop elle remet la serviette qui a failli tomber (dommage). Elle jette sa cigarette dans la tasse blanche qui est toujours juste là et prend cette casserole qui ne demande qu'à être emplie des petits légumes que voilà. Comme ça, doucement, attention. Parfait. Elle allume la gazinière et puis, tiens, elle allume le poste de radio, elle va s'écouter un peu de musique mais, oh non, en se retournant son avant-bras droit, aïe aïe aïe, son avant-bras fait tomber la casserole et tous les petits légumes sont maintenant répandus sur le carrelage de la cuisine blanche. Heureusement qu'il y a la musique ! Pas mal, cette musique, ce ne serait pas Gotan Project ? Pourtant, elle reste immobile…

C'est vrai qu'il n'y pas de quoi danser quand on regarde le sol. Alors elle boit un peu de lait, elle tourne un peu la tête, elle pose le verre de lait sur la machine à laver en marche et (encore un effort !) elle prend un balai-éponge muni d'une grille pour mieux essorer. Mais elle s'arrête. Non, Christelle, il faut nettoyer quand même. Christelle… Ah mais c'est qu'il y a un journal posé sur une chaise et, en gros titre, le supplément féminin indique qu'il y a dix recettes qui vont vous réconcilier avec les légumes. Elle prend le journal. Elle se met à le lire pour voir si on parle de ceux qui sont sur le sol (mais non) et, tout à coup, voilà qu'il y a maintenant comme une odeur. Elle sent ses cheveux et elle fait une méchante grimace. Ce sont mes cheveux qui sentent comme ça ? J'aurais dû les laver tout à l'heure, je me le suis dit et puis voilà, je l'ai pas fait, bon j'y retourne tandis que le verre de lait remue d'un air menaçant sur la machine à laver, tandis que la cigarette est toujours bien immobile dans la tasse blanche et tandis qu'une drôle de fumée s'échappe du grille-pain.

Christelle est sous la douche. On voit sa tête de profil, on s'imagine déjà ses cheveux pleins de shampooing. On s'imagine peut-être encore d'autres choses mais on entend le bruit de l'eau tombant sur le sol en carrelage noir (obscurité) duquel on s'approche, on s'approche, on s'approche. Ça y est, c'est noir, c'est noir, c'est tout noir. Mais un tout petit rectangle blanc apparaît, il s'agrandit, s'agrandit, s'agrandit et la lumière est de plus en plus aveuglante. On voit tout de même quelque chose, ça bouge, c'est une silhouette, c'est quelqu'un, c'est un homme qu'on voit en contre-jour. Il y a une voiture derrière lui (bruit assourdi du moteur), une rangée d'arbres plus loin, peut-être des peupliers (mouvements nonchalants des peupliers) et on reconnaît le Joël au visage pas content. Oui, c'est lui, c'est bien lui et on ne voit rien d'autre que lui et son visage pas content.

Le poste de radio émet toujours ce bon vieux Gotan Project dans la cuisine et on a même l'impression que le verre de lait se met à danser le tango à cause de la machine à laver qui en est à la phase d'essorage à raison de 1400 tours par minute, ce qui est bien pratique pour essorer efficacement, lave-linge qui, soit dit en passant, bénéficie d'une capacité de dix kilogrammes idéale pour les familles nombreuses tandis que vous apprécierez la touche « rinçage plus » permettant d'éliminer toutes les traces de lessive résiduelles limitant ainsi les risques d'allergie (peaux sensibles). Vous remarquerez également que notre verre de lait se rapproche de plus en plus tangoreusement du bord de notre lave-linge mais le temps nous manque hélas pour détailler les points essentiels du grille-pain duquel émergent désormais quelques flammes tranquilles.

Joël ferme fermement la porte du garage et BAAM ! le verre de lait tombe au même moment. Christelle est assise sur les toilettes fermées. Il entre la clé dans la serrure. Elle fume une cigarette. Il y a pas mal de fumée dans la cuisine. Elle regarde le sol. Il a du mal à ouvrir la porte car c'est déjà ouvert. Elle se lève et jette ses cendres dans le lavabo. Il est bientôt dans la cuisine. Elle jette ensuite sa cigarette dans les toilettes sans tirer la chasse d'eau. On voit ses chaussures d'ouvrier au milieu des petits légumes éparpillés sur le sol tout laiteux. Elle descend l'escalier. On voit le visage pas du tout content du Joël au visage déjà pas souvent content qui examine les dégâts. Elle est dans le couloir. Il vient de débrancher le grille-pain. Elle arrive à proximité de la porte de la cuisine. Il se tourne vers le poste de radio pour l'éteindre en serrant les dents. Elle ouvre la porte. Quand il voit la cigarette dans la tasse blanche, son nez se retrousse vigoureusement.

Subitement, belle et rayonnante sous le soleil rayonnant dans la cuisine blanche, apparaissent son visage attrayant et ses cheveux tout mouillés. Elle sourit admirablement, ses yeux sont malicieux, on voit bien qu'elle est douce ou qu'elle est reconnaissante ou qu'elle cherche à plaire. Elle avance vers lui, elle dit : Bonjour, tout de même un peu étonnée. Qui êtes-vous ? Une amie de William. Mon fils n'a pas d'amis. Et ledit fils qui n'a pas non plus de travail entre au même moment dans la cuisine tout à coup moins blanche. Surpris, mais immédiatement William devine ce qui se passe, il regarde notre Christelle encore plus étonnée qui le regarde aussi. Puis, elle regarde le père, puis elle regarde à nouveau William qui baisse les yeux vers la méchante soupe au lait et aux petits légumes. Il entre plus en avant dans la cuisine. Gros silence. Il passe sa main dans les cheveux. Christelle regarde le père. Le père regarde son fils et lui met une baffe, une sacrée baffe qui fait un bruit net. Christelle est stupéfaite, déroutée, « trop choquée », on voit bien qu'elle ne s'y attendait pas. Mais que se passe-t-il ? Mais pourquoi le frapper, lui qui l'a si bien accueillie, pourquoi frappe-t-il celui qui m'a tout l'air d'être son fils, mais qui est cet homme, ce n'est pas son père, ce n'est pas vrai, pas possible et si William est son fils, qu'a-t-il fait ? C'est injuste mais la vie est injuste ma pauvre Christelle mais peut-être ne pense-t-elle à rien ? Juste l'émotion, voilà, l'émotion. Elle ne dit rien, pas encore, elle va peut-être parler, s'interposer, c'est une erreur, le bordel dans la cuisine, c'est moi, je vais lui dire.

Que se passe-t-il ici ? demande le père et il lui en remet une qui fait un bruit net et il ajoute : Réponds ! Christelle crie alors contre ce père, elle ne va rien lui demander, il est trop con, trop violent, ce type. C'est pas vrai. Elle ne pense pas, elle crie. Vous en mêlez pas, vous. Réponds, William ! Christelle dit : Foutez-lui la paix, elle voudrait protéger William et William se contient. Vous, rhabillez-vous et tirez-vous de chez moi, compris ? J'attends que mes fringues soient propres dit-elle en montrant le lave-linge. Après je partirai. Vraiment ? Oui, vraiment. C'est ce qu'on va voir, petite merdeuse. Il la pousse vers William qui dit : Ça va, ça va, ça va en restant calme, les yeux baissés comme si ses ça va, ça va, ça va allaient calmer qui que ce soit. Mais ça va pas, ça va pas, ça va pas car le père éteint notre lave-linge muni également de la fonction « linge délicat » dont vous me direz des nouvelles et les fringues pas sèches atterrissent directement sur les petits légumes éparpillés qui n'ont été réconciliés avec personne et William s'en va.

Le père : William, où vas-tu ? Reviens ! Vous, je veux plus vous voir à mon retour. Il sort. Elle, elle ramasse ses fringues. Elle tourne la tête. Elle se lève. Tout compte fait, elle balance ses fringues au fond de la cuisine. On la voit ensuite débouler d'un couloir à toute allure. Elle entre dans une chambre. Elle ouvre une penderie. Elle fouille parmi les chemises et les blousons. Elle trouve une robe bleu clair. Puis, habillée de cette robe qu'elle ne quittera plus jusqu'à la fin du roman, elle semble chercher quelque chose. C'est *L'Homme et l'Univers* avec une couverture pas du tout argentée. Einstein ? En tout cas, je me souviens qu'il a dit que deux choses sont infinies : l'Univers et la bêtise humaine. Mais, en ce qui concerne l'Univers, il n'en avait pas encore acquis la certitude absolue. Alors elle emporte aussi le livre. Ciao tout le monde.

17

La première fois que Fred, le frère de Christelle, l'a vu, c'était ici, c'était un lundi comme aujourd'hui. William était venu acheter un paquet de Camel comme aujourd'hui et comme aujourd'hui Fred était au comptoir. Il buvait son demi de Stella. Il baisse le verre et voit tout à coup dans le miroir, juste au-dessus de la mousse de sa bière, une belle chevelure brune et un de ces beaux visages virils comme les aime Fred. William pose le verre, se tourne et c'est son trois-quarts noir qu'il observe, le pantalon tout aussi noir ainsi que les élégantes chaussures dont le cuir imite celui du crocodile. William fait demi-tour, voit un instant Fred et s'en va. Mais William le vit-il vraiment, le vit-il comme Fred eût voulu qu'il le vît ? N'était-ce pas plutôt Fred qui, sous le coup d'une troublante émotion (érection), l'imagina ainsi ?

N'empêche que William se trouve maintenant assis à côté de lui et qu'il vient de se commander un petit pastis. Un petit pastis ? Eh oui, Fred, un petit pastis. Tu ne le voyais peut-être pas comme ça, à commander un pastis, quelque chose qui évoque pour toi, les ouvriers, les employés, les chômeurs et peut-être même les retraités qui fréquentent aussi ce café mais c'est bien un pastis qu'il a commandé et qu'il boit à côté de toi. N'importe comment, moi, je bois mon demi se dit Fred en buvant son demi. Il regarde l'immense miroir face à eux pour mieux fixer William qui ne fixe rien de spécial, lui. Mais, attention, ça y est. Fred s'assoit plus près de lui, il s'approche. Imperceptiblement le haut tabouret à tubulures chromées bouge.

Il concentre à fond son regard sur lui, dans l'immense miroir. Il se dit que ça provoquera sans doute quelque chose, une remarque sur laquelle rebondir. Qu'est-ce que vous avez à me regarder ? Oh non, ce n'est pas vous. Silence. Non, je regardais tout ça, là. Vous avez vu comme c'est étrange toutes ces vieilles bouteilles ? Je me demande qui peut bien boire ça. Celle-là par exemple, dirait-il en montrant la folklorique bouteille de Fernet-Branca. Mais Fred ne dit rien, il n'ose pas, il ne regarde plus rien. William ne dit rien non plus, il semble indifférent à tout, il boit son petit pastis, tranquille. Il ne me calcule même pas, se dit Fred, il faut vraiment que je tente quelque chose. Quelque chose mais quoi ? Allez, ne réfléchis pas trop. Lance-toi !

Top départ : alors voilà que Fred déclare que c'est son pastis préféré. Quoi ? Oui, c'est mon pastis préféré. Comment ça, votre pastis préféré ? répond notre William un peu décontenancé. Entre le rouge, le jaune et le vert, moi, je préfère le jaune. Mais que veut dire ce jeune homme à côté de lui à l'air louche ou béat ou les deux, qui est peut-être même drogué puis il se dit que c'est l'énervement qui lui fait dire ça car les drogués, les drogués avec « La Lanterne », il connaît et d'ailleurs celui-ci n'a rien d'un drogué, c'est juste qu'il cherche le contact, qu'il cherche à me parler et ce n'est pas le bon moment vraiment pas alors fous-moi la paix, toi. T'entends ? Afin d'éviter de s'énerver davantage… Enfin c'est quand même à cause de ce type, ce que ça peut être pénible, on vient ici cinq minutes pour être tranquille, on a tenté de retourner à sa boîte en début d'après-midi histoire de se faire un peu de fric pour partir et on ne peut pas dire qu'on a eu un franc succès, là-dessus on rentre chez soi et on se prend deux baffes paternelles et maintenant voici qu'un type vous parle de son pastis préféré quand on veut souffler un peu. Comment ça, votre pastis préféré ?

Mais Fred n'a pas le temps de répondre à William car arrive, William l'aperçoit dans le miroir, arrive, il se retourne vers l'entrée du bar, arrive, il voit la fameuse robe bleu clair qui dénote avec ce qu'il connaît de ses mini-jupes et de ses collants à couleurs vives, arrive, même si elle a toujours son fameux blouson trop grand pour toi, arrive, les cheveux attachés en queue de cheval (ce qui nous la change aussi), arrive, avec un de ses livres à lui sous le bras, arrive, la démarche plus assurée qu'auparavant, bref, arrive ♥ Christelle ♥ et il sourit. Et il ne pense plus au jeune homme à côté de lui, ni à son père ni à son travail. Il ne pense pas qu'il a bientôt trente ans, qu'il n'a pas vraiment de métier, pas vraiment d'amis quoique cela ne soit pas un gros souci (bien au contraire). Il ne pense pas, il voit Christelle. Christelle. Christelle. Christelle. Et il pense à leur promenade de la veille, il pense au parc du centre-ville, il pense au petit bois où ils sont allés ensuite, à leur discussion, aux quelques regards échangés et le dîner chez le traiteur asiatique. Il s'imagine un instant dans l'Aveyron, il s'imagine avec elle dans l'Aveyron, il s'imagine qu'ils travailleraient tous les deux à *L'Hirondelle verte* et que le soir il finirait ses *Deux Hollandaises dans la tente.*

Elle s'approche, elle s'approche, elle lui sourit, elle est devant lui, elle lui touche le bras en le regardant, elle ne regarde que lui, elle lui dit : Je t'ai cherché partout, William, partout dit-elle, mais elle ne va pas lui dire qu'après avoir quitté la maison de son père, étrangement William avait déjà disparu, elle ne l'avait pas vraiment cherché pour tout dire, pas tout de suite en tout cas, elle était d'abord allée chez Aurélie qui hausse les épaules en souriant après le récit de ses frasques, au lycée c'est la conseillère d'orientation qui lui demande si elle a déjà pensé à la voie professionnelle, elle avait ensuite un peu erré aux abords du RER, du centre commercial, parcouru les rues pavillonnaires et, enfin, avec une soudaine évidence, était venue ici et lui disait maintenant : Je t'ai cherché partout. Elle répète qu'elle ne savait pas, vraiment pas où il était, qu'elle était inquiète, vraiment, surtout après ce qui s'était passé avec ton ~~connard de~~ père et puis j'ai pensé à ici. Mais, ça va ?

Fred la regarde avec des yeux tout ronds. Christelle dit-il et Christelle s'écarte un peu, regarde derrière William, voit Fred et dit : Fred ? Elle se rapproche de William qui s'est retourné entre-temps et demande à Fred s'il veut un pastis jaune. Fred sourit et Christelle leur demande : Mais vous vous connaissez ? William demande à Christelle où elle a eu cette robe et Fred, les yeux toujours tout ronds, n'ayant sûrement rien entendu, demande à Christelle : Tu le connais ? Elle ne répond à aucun des deux, elle regarde William. Fred ajoute : Maman va te tuer, ça fait deux jours que t'es pas rentrée, elle est inquiète. Inquiète ? Mais elle m'a virée ! Virée ? Hein ?! Mais elle t'a jamais virée ! Allez, rentre avec moi, dit Fred. Je sais pas… je… William observe Christelle. Fred, t'es sûr ? Mais oui… William, tu viens avec moi. Hein ? Elle lui sourit, il lui sourit. William et Christelle se regardent comme deux amoureux sous le coup d'une menace ou en danger ou en fuite ou ce que vous voulez mais comme deux amoureux. Ne rentre pas chez ton père, dit-elle. Fred, trop déçu, s'éloigne du comptoir où est posé son verre de toute façon vide. Tu viens, Christelle ? William dit : Je suis obligé. Pourquoi ? Je suis obligé, c'est mon père. Mais c'est un monstre, dit Christelle. Tu peux pas comprendre. Fred : Mais c'est quoi cette histoire ? William va venir avec nous. Tu le connais pas j'suis sûr et puis il y a maman. Je m'en fous, il vient. On s'expliquera. Moi je rentre, dit Fred. Moi aussi, je vais rentrer, dit William. Tu vois, allez viens, on se tire, Christelle. Et il se tire, Fred. Christelle lui demande s'il est sûr. Oui. Allez, viens, s'il te plaît. Viens avec moi, William. Il la regarde. Pourquoi ? J'ai trop peur de ma mère. Alors il se lève. D'accord.

18

Jeanne repense à Christelle, elle y repense en boucle depuis samedi, elle y repense comme une mère qui s'inquiète pour sa fille de dix-sept ans, sa fille qu'elle n'a pas vue depuis deux jours. Deux jours... Et encore, vendredi soir elle n'était même pas là. Mais où est-elle ? Que fait-elle ? Jeanne se dit qu'elle est chez une copine, qu'elle passe le week-end chez une amie, pourtant Aurélie ne l'a pas vue, mais, entre nous, nous sommes lundi soir, alors ça fait un peu long pour un week-end... Tu ne trouves pas, Jeanne ?

Jeanne boit un grand verre d'eau en pensant qu'ainsi elle ne pensera à rien mais dès qu'elle pose le verre sur le plan de travail, c'est reparti. Où est Christelle ? Où est-elle ? Est-ce qu'il lui est arrivé quelque chose ? Et cela continue, c'est comme ça depuis samedi, et cela continuerait comme ça longtemps s'il n'y avait un petit poulet cuit et légèrement grillé comme elle les aime tant, Jeanne, juste à sa droite. On se dit qu'elle va se faire un peu plaisir, Jeanne, un poulet pour elle toute seule, miam, miam ! Ça va lui changer un peu les idées ! Mais, même pas... Elle tourne à peine la tête vers le volatile bien cuit sans son habituelle expression pétillante et gourmande. C'est qu'elle a à peine faim, se dit-elle, pourtant, ça va l'occuper et elle repense à tout ce qu'elle a fait depuis que Christelle est partie pour s'occuper l'esprit : le tri dans les chambres au grand désespoir de Fred arrivé trop tard, le tapis du salon par la fenêtre, le garage jamais rangé par Jean, malgré les éternelles suppliques de sa femme, tout à coup sublimement vide ! Elle sourit un peu et elle se lève, allons voir ce poulet tout de même ! Elle prend le couteau quand le bruit de la porte d'entrée l'arrête net. Elle ne bouge plus, elle fixe le poulet, elle ne bouge plus, le couteau en l'air ne bouge plus et le poulet, n'en parlons pas !

Doucement, tout doucement, elle se retourne et aperçoit Fred dans son habituelle parka boudinée or, à côté de lui c'est un grand type habillé en noir et, se glissant entre les deux avec son blouson etc., c'est Christelle, oh ma Christelle ! Tous les trois, en rang serré près de la console, semblent nerveux, attentifs à Jeanne dans la pénombre blanche de la cuisine bleue. Christelle se détache de plus en plus d'eux pour aller vers sa mère en serrant de plus en plus le livre qu'elle a pris on ne sait pas trop pourquoi chez William. Elle avance, elle avance et la mère apparaît de profil, l'air renfrogné et le visage à la mode joëlienne. Elle n'a pas bougé, elle les fixe, la fixe, ne bouge toujours pas alors que Christelle est devant elle. Nous, on sait bien qu'elle trop contente de la revoir, sa Christelle, que, tout à coup, Jeanne se sent délivrée, rassurée, elle craint un peu que Christelle ne lui en apprenne d'autres mais elle est là, elle est là, un peu changée certes, cette robe bleu clair par exemple, cette queue de cheval aussi mais elle semble en bonne santé ne serait-ce ce teint légèrement livide indiquant une récente et trop grande absorption de bière de clochard à 11°8. Mais ne lui montre pas ta joie, Jeanne, se dit-elle. Pas maintenant ! Maman… Christelle s'approche. Maman… Mais maman ne dit rien. Maman la fixe méchamment, du genre pas content que tu sois partie deux-trois jours sans même me donner de tes nouvelles.

Mais Jeanne ne dit rien. Maman, ça… ça va… ? Jeanne brandit brusquement le couteau (menace) face à Christelle (peur) et Fred dit : Mon Dieu (frayeur) et il entre dans la cuisine (poulet) et s'enfuit (lâcheté) vers l'escalier (courir) tout au fond (image).

William s'approche alors des deux femmes qui se regardent avec le couteau entre elles et Jeanne lui demande si c'est comme ça qu'elle voit les responsabilités, partir, fuguer, au moment même où ton père en profite pour filer lui aussi. Je… Fred m'a dit qu'… Je m'en fiche de ce que t'a dit Fred. Je te pose la question suivante : C'est ça être une mère ? C'est comme ça que tu vas élever ton enfant ? William entend les mots « enfant » et « mère » et ne comprend pas tout de suite puis il fronce quand même un peu les sourcils et ses lèvres se contractent légèrement parce qu'il n'est pas né de la dernière pluie. Jeanne se tourne vers lui et demande : Qui c'est ton ami ? C'est Anthony ? Vite, vite, avant qu'elle ne demande pendant qu'on y est si c'est lui le père de l'enfant qu'elle n'a pas, Christelle dit que non, non, on s'est rencontrés l'autre soir. Enfin, je te raconterai. Enfin, il m'a aidée. J'étais toute seule. Toute seule ? Mais tu l'as bien voulu, non ? Maman… Silence. William regarde successivement Jeanne, Christelle, le poulet, Christelle, Jeanne, le sol, Jeanne, enfin Christelle qui parle toujours à sa mère, se justifie, elles se sont mal comprises l'autre fois. Elle raconte son histoire, le désarroi, l'errance, le square. Le square ? Je te raconterai. « La Lanterne ». « La Lanterne » ? Je te raconterai. Apparemment, tu en as beaucoup à me raconter mais, évidemment, Christelle ne parlera pas de la petite sauterie de l'autre soir avec

Anthony, elle ne parlera pas de la matinée avec les parents d'Anthony, de comment il l'a lâchée car… non, elle n'en parlera pas. En revanche, elle racontera ses démêlés avec les trois petits voyous. C'est un bon récit à l'usage d'une mère en colère, ça, ressent instinctivement notre Christelle. Et puis, elle a bien changé au cours de ces quelques jours, vous ne trouvez pas ? Les couleurs pétantes, la mini-jupe rose, le sac ridicule. Vous vous souvenez ? D'accord, d'accord, elle a toujours ce blouson trop grand pour toi mais, dessous, c'est une sage robe bleu clair qu'elle porte. Et puis regardez-moi cette queue de cheval « trop sérieuse » !

Quant à William, il la regarde, il ne cesse de la regarder mais il semble ne pas l'écouter, plus trop, juste captivé par Christelle qui aborde le chapitre du square maintenant. Pour tout dire, il est dans un état catatonique qu'à titre exceptionnel je ne vais pas vous définir. Je voudrais seulement dire que le temps pourrait passer comme ça, suspendu diraient certains, et que William regarderait Christelle comme si tout son être était attiré par cette fille qu'il admire déjà pour des raisons qu'on devine bien. Certes le visage de Christelle, certes la liberté de Christelle, certes les cheveux blonds de Christelle, certes la révolte de Christelle, certes les yeux verts de Christelle, certes la douceur de Christelle, certes les seins de Christelle (qu'il imagine, j'imagine, à moins qu'hier dimanche, il se soit passé des choses à « La Lanterne » ?), certes les jambes de Christelle, certes le blouson trop grand pour toi qui n'appartient pas à Christelle et puis certes le souvenir idéalisé d'une Karine de ton adolescence, William, William qui prend tant de plaisir à la regarder qu'il reste bloqué devant elle, comme Perceval devant l'image de Blanchefleur, William devant Christelle qui est elle et lui qui est lui et elle et lui pourraient devenir nous et nous pourrions partir ensemble, vois-tu. Quelque part dans l'Aveyron, par exemple.

Fred, tu viens à table ?, crie tout à coup Jeanne, et quelques minutes plus tard, ils sont effectivement tous les quatre à table.

Alors on était dans une Clio blanche, j'étais entre eux, à l'arrière, et le conducteur dit qu'on va m'emmener sur le terrain. Moi, je comprends pas ce que c'est le « terrain », c'est bizarre. J'imagine un terrain un peu désert avec des cités tout autour. Vous voyez le genre mais, comme ils ne semblent pas voir le genre, elle ajoute mais si, des barres d'immeubles, des petits terrains vagues, des trucs glauques, des flaques, des parkings, la nuit. Bref. Celui à ma gauche me touche le genou et son pote il rigole. Sa mère qui l'observait tendrement commence à faire une vieille grimace rapidement imitée par Fred. Ils disent en chœur que c'est immonde, que c'est dégoûtant, que des types comme ça il faudrait... il faudrait... William, lui, est assis au bout de la table et observe tout ce petit monde. J'avais trop peur, il était en sueur, et celui devant, il se touchait, j'en suis sûre. Il se touchait ? T'as fait quoi ? T'as fait quoi ? répète Fred. À ton avis ? Tu l'as brûlé avec une cigarette, répond pertinemment William. Christelle, surprise, se retourne vers lui et dit que Oui, droit dans l'œil mais c'était pas lui, c'était un des deux à l'arrière, quand on est sortis. Fred pousse un petit cri de douleur et la mère dit que ça lui donne un avant-goût de l'enfer, à ce salaud. Ils voulaient m'emmener je sais pas trop où, ils ont encore parlé du terrain mais on attendait toujours dans la voiture. Moi, j'avais trop peur qu'ils m'emmènent dans une cité, dans genre une cave, je m'y voyais avec ces trois types. Enfin, je m'y voyais pas justement… Mais bon. L'horreur. Après je me disais qu'on était là, pas trop loin du centre, ils allaient me laisser partir, que c'était juste pour me faire peur tout ça. Il y avait personne dans la rue, je vous jure, d'habitude quand tu marches il y a toujours quelqu'un, un mec chelou, mais là rien, personne. C'était désert, je regardais les pavillons autour, j'imaginais les petites familles tranquilles devant la télé, ça me rassurait un peu. Fred passe derrière William en le reluquant discrétos. Après j'ai réussi à me sauver mais, à chaque instant, je vous jure, à chaque instant, je m'attendais à sentir une main sur mon épaule, je courais, je courais, j'avais peur qu'ils m'attrapent et qu'ils me tapent, je vous jure, j'entends encore leurs voix.

Va en parler aux flics, dit Fred. Tu parles, ça servira à rien. Il faut les boucler, ces morveux, ajoute la mère. Silence. Et tu vas faire quoi sinon ? Pour quoi ? Pour ton bébé. Mon bébé ? demande Christelle mais maman… Sa mère enchaîne : Et il est où, le père ? Christelle regarde William qui n'a pas cillé et elle dit qu'ils se sont rencontrés, elle et William, l'avant-veille dans le square là, tu sais. Jeanne plutôt souriante dit : Trop drôle, comme tu dis. Christelle raconte qu'ils étaient dans le square près de l'église quand des flics sont arrivés. En fait, ils nous disent d'abord qu'on a pas le droit d'être sur la pelouse. Je croyais qu'ils allaient nous contrôler ou nous mettre une amende. Au même moment, juste le flic avait dit ça qu'il y a des machins d'arrosage qui se sont mis en marche. Des machins d'arrosage ? Ouais, des tuyaux dans l'herbe se sont mis en marche. Nous, on s'est fait arroser direct ! Vous auriez vu ça. Mais les flics étaient déjà à leur voiture, ils rigolaient. Du coup, ils nous ont laissés tranquilles. Et ensuite ?, demande la mère.

19

Ensuite Christelle entre dans sa chambre sans matelas car elle l'a mis dans le débarras en face pour William. Mais ce n'est pas pour me « débarrasser de toi » lui a-t-elle dit tout à l'heure. Elle enfile son « pyjmoiça blanc », comme elle dit, blanche aussi la descente de lit où elle s'allonge avec *L'Homme et l'Univers* entre les mains mais, après à peine cinq minutes de lecture, elle trouve que ce n'est pas très drôle, rien à voir avec *Les deux Hollandaises dans la tente*, pas d'humour, pas d'histoires de vacances adolescentes, d'aventures délirantes, de premières fois, pas d'histoire où il fait tomber la vaisselle, juste, mais alors juste je fais tomber la vaisselle à côté de la voisine qui se plaint tout le temps de nous, fait exprès. Son mari nous dit toujours qu'avec les bouteilles vides, cet emplacement, c'est une vraie porcherie. Avec son petit doigt levé, avec sa moustache et son bob, il nous faisait rigoler, le type. « Bob », Rocky l'a appelé « Bob » et ce qu'il nous a fait marrer. Mais « Bob » ne rigolait point et le frère de Rocky est venu nous dire de nous calmer dans l'après-midi. J'ai fini la vaisselle et tout tombe parce que je me suis pris le pied dans une sardine qui dépassait, pas de bol et la voisine mais je ne l'écoute pas, je ramasse la vaisselle. Je me lève et m'en vais alors qu'elle est encore là à aboyer. Rocky est parti avec sa Hollandaise sur un bateau gonflable et on ne le voit plus de tout l'après-midi et il revient, nous laisse entendre plein de choses qui se seraient passées sur le bateau gonflable sans évidemment rien en raconter. Ils m'ont présenté un surnommé Écrevisse dont la mère possède une belle Fiat Uno toute blanche et avec laquelle on va chasser des lapins sur le causse la nuit venue, et un jour il arrive à fond dans le camping et nous invite à venir avec lui, tous les trois.

Montez les gars, il fait marcher à fond son klaxon italien, les deux Hollandaises regardent ça d'un œil étonné avant de venir elles aussi, à six dans la Fiat Uno parce qu'il y a une fête de village à Tou... Non, non, rien de tout ça. *L'Homme et l'Univers* c'est scientifique, ça parle de mur de Planck, de matière noire ou encore d'un exotique temps imaginaire mais notre Christelle prend tout de même du plaisir à lire quelques passages car, quand elle lit les mots « travail » ou « énergie », elle pense à cette fois, au lycée, sous l'escalier menant chez la CPE, une espèce de coin d'études réservé aux terminales, j'en ai déjà parlé, je crois, où elle a aperçu Anthony pour la première fois, il expliquait alors des exercices de physique et elle se souvient des schémas à base de triangles, de notations en cos ou sin et, même si elle n'est pas en S, même si elle dormait à moitié pendant les cours de physique en seconde, elle s'intéresse à ce qu'elle veut, non ?

Elle n'entend pas tout de suite le bruit de la porte, elle est encore allongée sur l'espèce de fausse fourrure blanc lumineux comme son « pyjmoiça » blanc lumineux comme sa commode blanche mais d'une gamme bien bien inférieure au fauteuil de la mère d'Anthony. Clotilde, vous vous souvenez ? Christelle ne préfèrerait pas. Elle lit, elle a mis ses lunettes, les pieds en l'air bougent un peu, puis ne bougent plus, puis elle se retourne un peu, peut-être a-t-elle peur, craint-elle que ce ne soit... mais non ! C'est notre William, rien à craindre, c'est William avec son t-shirt blanc sous son trois-quarts noir. Il ferme la porte, il la regarde, il baisse les yeux sans pourtant se passer la main dans les cheveux. Il la regarde en clignant des yeux nerveusement. Ça va ? Il est toujours debout près de la porte. Elle se relève, elle dit que oui, que ça va, elle esquisse un vague geste tranquille indiquant l'intensité de son « ça va » puis elle lui demande s'il aime bien ce livre en le lui montrant. Pourquoi ? Comme ça, pour savoir. J'ai du mal à comprendre. En fait, je comprends rien ! Le tien, il était drôle. Silence. Il s'approche, s'assoit à côté d'elle en soupirant et ses yeux, ses yeux à elle le suivent. Pourquoi tu as pris ce livre ? Je sais pas, je l'ai pris comme ça.

C'est mon père, c'est lui qui me l'a offert, quand j'avais dix-huit ans. Il voulait que je fasse des études scientifiques ou des études techniques mais William, lui, voulait plutôt étudier la littérature ou la philo à la rigueur mais son père disait que ça ne servait à rien. Il te faut un vrai travail, William, un vrai travail disait Joël. Je n'ai pas trop insisté, ça ne me dérangeait pas de travailler dans un domaine technique du moment que je pouvais continuer à lire et à écrire. Tu auras bien le temps de faire ton littéraire pendant ton temps libre, lui disait Joël. Pour le travail, il te faut quelque chose de sûr. Je dis ça pour toi, William. C'est important. Résultat, j'ai quitté l'usine où je travaillais depuis même pas deux mois, même pas ! Et ce n'est pas la première fois. Et maintenant je suis là. Remarque, ce n'est pas mal, là, avec toi. Elle sourit et il sourit et moi aussi je souris mais il y a ensuite comme qui dirait un petit silence. Elle l'observe et lui demande pourquoi. Pourquoi quoi ? Tu n'aimais pas ce travail ? Ça ne lui plaisait pas trop, on ne comprenait jamais rien. Comment ça ? On nous donne des missions, on ne sait pas trop à quoi ça sert. Ça change souvent. Il faut tout le temps s'adapter, « se mettre à jour », comme ils disent, alors que c'est pas nécessaire en vrai. Ils le font exprès, j'en suis sûr. William, lui, il aurait voulu apprendre, mieux connaître, s'impliquer, être content de ce qu'il fait. C'était mission impossible !

Christelle le regarde toujours, elle hoche un peu la tête. Silence. Mais c'est qu'elle aussi, elle voudrait savoir, savoir à quoi ça sert tout ça. Elle voudrait faire un métier qui l'intéresse, seulement elle ne sait pas ce qui l'intéresse. Sauf quelqu'un dont le prénom commence par un A mais ce n'est pas à William qu'elle va en parler. Elle ne sait même pas si elle veut ou va le revoir. Elle semble aussi un peu sous le charme williamesque. Un grand brun d'au moins dix ans de plus que vous qui vient vous aider à finir vos méchantes bières pour ensuite vous recueillir dans son espèce de tanière avant de passer tout le dimanche avec vous. Les petites balades, la promenade dans le bois et les petites discussions, tout ça avec une petite gueule de bois qui rend tout plus attrayant, ça ne manque pas de chic. Mais on s'éloigne de notre sujet. Christelle a vu la conseillère d'orientation aujourd'hui, elle lui a dit de penser à une filière professionnelle. Elle m'a parlé de trucs que je connaissais même pas. Je sais même pas ce que c'est. Tu vois, je voudrais faire quelque chose qui me plaise, moi aussi. William la regarde. Qu'est-ce que tu aimerais ? Je sais pas trop. Vendredi, je voulais vraiment arrêter le lycée, je t'assure. Je leur disais tout le temps, j'étais vraiment décidée. Mais là… je sais plus trop, en fait.

Dors à « La Lanterne », dit-il. Pas avec moi, je veux dire, enfin avec moi, viens avec moi mais elle dit qu'elle doit rester ici. Je viens de rentrer, de retrouver ma mère. Je… Il la regarde. Il comprend. Elle baisse les yeux. Ils pourraient en reparler, non ? Il voudrait aussi lui parler de son petit projet aveyronnais, elle pourrait venir, elle y trouverait sa place, il en est sûr, le journal, les projets écolos, le grand air, l'aligot et je ne te parle pas des fêtes de village. Demandez donc à Xavier ! En fait, William aimerait surtout y croire. Il se verrait bien y aller avec Christelle. Il regarde Christelle, ses cheveux blonds, ses yeux verts. Elle l'intrigue et c'est rare qu'une fille l'intrigue, sachez-le. Christelle ne dit rien, elle. Elle pense à Anthony, elle ne peut s'en empêcher. Elle lui en veut mais elle se demande quand même s'ils se reverront un jour. Et, comme elle ne veut plus y penser, elle dit : Tu peux rester ici quelques jours, ma mère est d'accord alors qu'elle n'a encore rien demandé à sa mère ! Je vais te laisser les clés. Elle se lève et il la suit du regard. Elle revient. Tiens. Tu reviendras avec moi à « La Lanterne » ? Je ne sais pas, dit-elle doucement, mais ça n'a pas l'air de l'emballer, Christelle. Peut-être demain. Elle se mordille les lèvres, elle dit : Pourquoi tu fais ça ? Quoi ? Pourquoi tu cherches à m'aider ? C'est comme ça. J'étais là, je suis là. Je… Pourquoi toi ? Pourquoi pas ? Elle lui sourit. Ils se regardent. Je reviens, il faut que j'aille voir ma mère… un peu.

Ses paupières se lèvent, ses yeux bleus plus bleus que sa robe de chambre bleue regardent vers la porte qui s'ouvre et c'est notre Christelle qui entre. Elle passe devant sa mère, par-dessus sa mère, hop, s'allonge à côté de sa mère, pose un peu sa tête sur son épaule, juste là, voilà, et lui demande : Ça va, toi ? Au milieu d'un froissement de draps et de gazouillement télévisuel, Jeanne dit que ça va, oui, qu'elle a vu pire. Je suis contente que tu sois revenue, dit-elle en souriant. Elles regardent quelques minutes la télévision. Christelle : Tu sais… Leurs visages sont toujours tournés vers la télévision. Je voulais te dire… Christelle s'arrête, respire ou soupire, comme avant un effort. Moi aussi, je suis contente d'être revenue. Je… Sa mère la regarde. En fait, je suis pas enceinte. Jeanne ne paraît pas trop étonnée. J'ai dit ça, l'autre fois… parce que… enfin, voilà. Je suis désolée. Silence. Sur le coup, ça m'a fait drôle quand t'as dit ça. J'ai repensé à une copine que j'avais quand j'étais jeune. Avec le départ de ton père, je n'y repensais plus. J'étais juste inquiète que tu ne rentres pas mais jamais, Christelle, jamais, tu m'entends… Elle la regarde. Jamais, je ne t'aurais chassée de la maison. J'étais tellement en colère, voilà. Silence. Donc tu n'es pas enceinte. Elle lui sourit. Et Anthony, il existe, lui ? Lui, oui ! (rires) Mais, bon, on va pas se marier. Enfin, pas tout de suite… enfin, il faudrait déjà que… et puis, elle se tait. Et puis : Tu t'en doutais aussi pour ça ? Sa mère la regarde et lui sourit. Pas au début, c'était tellement… Elles se regardent. Je suis désolée pour papa. Fred m'a tout raconté. Il voulait partir de toute façon. Il voulait retourner là-bas. Revoir les siens, ton papa. S'amuser, la vie ici ne lui convenait pas. Alors tu sais, c'était un prétexte comme un autre. Il est sorti juste après toi, je me demandais bien pourquoi. Peut-être pour aller te chercher ? Il est revenu sans rien dire, il est ressorti. Là, je lui ai demandé : Jean, qu'est-ce que tu fais ? Mais, évidemment, il ne m'a pas répondu, j'ai entendu la porte claquer, je me suis dit qu'il ne m'avait peut-être pas entendue et quand bien même. Quand il est revenu une ou deux heures plus tard, j'ai bien vu qu'il avait picolé. Il était allé « Chez Denise », c'était sûr, ça. J'ai rien dit. Ça sert plus à rien mais je sentais que je n'allais pas tarder à connaître la suite, ça n'allait pas s'arrêter comme ça. Et puis toi qui ne rentrais pas. J'y pensais, je m'inquiétais. Je suis désolée, m'man. Je sais, je sais mais c'est pas grave. On va se serrer les coudes, comme on dit. Fred a trouvé un travail à l'hôpital. J'espère que ça va aller maintenant. Elles se sourient. Christelle reste encore un peu avec sa mère, la tête à nouveau posée sur son épaule, elles regardent la télé. Jeanne demande qui est exactement ce William, ce qu'elle envisage avec lui. Je sais pas, mais je veux pas le laisser comme ça, tu comprends. Il m'a aidée, il a été là. J'ai confiance en lui. Je lui ai laissé les clés, ça te dérange pas s'il reste ici quelques jours ? Hmmm… Je veux pas qu'il retourne chez lui, son père est un vrai con. J'en connais un autre de con, dit la mère. Maman ! Et elles rigolent.

William entend leurs rires en passant devant la chambre. Il monte l'escalier, il est sur le palier et Fred l'observe depuis sa chambre puis ferme la porte. Christelle arrive et William se retourne et ils se retrouvent tous les deux seuls, face à face, devant cette porte fermée. Elle tient le livre qu'elle lui a emprunté, elle lui redit qu'elle lui a emprunté ce livre, elle baisse un peu la tête, le regard en biais, elle lui demande si ça ne le dérange pas en relevant la tête. Il lui semble grand. Elle est plutôt petite dans sa robe bleu clair, mais à qui appartient-elle, cette robe ? Non, ça ne le dérange pas. Il regarde sa robe bleu clair. Il s'approche d'elle. Ses yeux clignent, ses lèvres remuent. T'es myope ? demande William. Oui. Tu ne portes jamais tes lunettes ? Elle le regarde doucement. Non, pas souvent. J'ai l'air… enfin… Ils sont très proches l'un de l'autre. L'air ? Genre intello, tu vois ? Mais lui, il aime bien, il lui dit qu'il aime bien, le genre intello. Elle sourit. Il baisse les yeux et on s'attend à ce qu'il continue, qu'il lui dise qu'il la trouve belle, que dès qu'il l'a vue dans ce square, il a senti que…

Mais non ! Il va lui parler de l'Aveyron. Ce n'est pas que notre William ne voudrait pas l'embrasser comme on s'apprêtait à le croire mais peut-être préfère-t-il lui parler de ce petit projet qui lui tient tant à cœur pour voir si elle ne viendrait pas un peu avec lui. Enfin « un peu »… plutôt « passionnément » ! Alors, doucement, il la questionne l'air de rien sur le Sud de la France, voir si elle connaît un peu et quels coins et ce qu'elle en pense. Christelle qui n'est quand même pas du genre à être restée dans sa banlieue toute sa vie lui parle de Montpellier, évidemment. Je dis « évidemment » parce que tout le monde me parle de Montpellier en ce moment. À part le centre, franchement, les bords de mer sont tout bétonnés, tout autour on a l'impression que c'est le royaume de l'automobile. Bon, bref, il ne dit rien mais n'en pense pas moins et essaie de la rediriger vers 130 kilomètres plus ou nord/nord-ouest. Millau. Tu connais ? Non, dit-elle en le regardant sans lunettes. J'ai… j'ai quelques amis là-bas. Des genres d'artisans, ils font des chantiers, rénovent des vieilles maisons. Ah oui, dit-elle en souriant. Oui, ils vivent dans une grande maison qu'ils ont d'ailleurs construite, en bois. Il y a un super panorama. Mais je ne sais pas pourquoi je te raconte ça… Silence. Elle sourit. Tu vas y aller ? Je pense, Valmor c'est fini. Mon père… Ce serait bien, tu crois pas, dit-il. Mais oui, répond-elle tout à coup exaltée. Oui, super idée. Il sourit. Il la regarde. Elle semble un peu gênée mais elle le regarde, fatiguée aussi, larguée, déplacée, fragile. Christelle est tout de même dans un état instable. Elle ouvre la bouche et peut-être va-t-elle lui parler de l'Aveyron, de son projet, lui dire qu'elle, elle qui n'en a pas, peut-être… Ou elle ne sait pas encore, pas vraiment, elle vient de rentrer chez elle après quelques jours de « fugue », elle sourit. Alors elle va attendre encore un peu, se dit William. Ils ne se connaissent que depuis deux jours ! Il la regarde, il sourit. Il pense que ce serait bien avec cette fille, peut-être s'attache-t-il un peu trop rapidement, s'imagine un peu trop rapidement certaines choses mais la vie est courte comme dit son père pour tout à fait autre chose.

Ils baissent, ils relèvent les yeux au même instant. Christelle se reprend, imperceptiblement elle recule, avec un léger, très léger sursaut. William recule un peu, lui aussi, il ne voudrait pas que… mais ils ne s'éloignent pas trop l'un de l'autre, juste pour mieux se voir. Juste comme ça. Lentement, ils se rapprochent l'un de l'autre. Lentement. Tout à coup, leur visage sont si proches, les visages face à face, les yeux dans les yeux. Les yeux se rapprochent, se rapprochent. Les lèvres. Ils vont, ils vont. Ils s'embrassent.

20

Le lendemain après-midi, Christelle porte un sac énorme de courses qui nous cache un peu son visage. Elle se dirige d'un bon pas vers l'arrêt du bus pour se faire une petite pause et réparer les poignées du sac. Elle est venue ici un peu par hasard après avoir quitté le père d'Anthony tout à l'heure car elle n'allait tout de même pas faire les courses là-bas après ce qui s'était passé avec lui. Pourtant, après s'être assise, après avoir posé le sac sur le banc de l'abribus à côté d'elle, elle ne peut s'empêcher de lorgner discrètement derrière elle, là où se trouve un certain stade à l'herbe bien verte au cas où un certain Anthony en sortirait, sait-on jamais.

Mais c'est un bus qui arrive. Elle l'entend, elle le voit s'arrêter alors elle tourne la tête par réflexe et les portes s'ouvrent. Elle ne bouge pas et le machiniste la regarde. Comme elle ne bouge toujours pas, qu'elle ne le regarde pas, le machiniste lui demande quelque chose, elle entend « Karine », mais Christelle pense à autre chose, Karine ?, peut-être à Anthony, Karine ça va ?, d'avoir vu son père tout à l'heure, tu montes ou pas ?, et qu'elle se retrouve ici, Karine !, elle tourne la tête vers le machiniste, il dit qu'il y a des femmes, vraiment…, hein ? dit-elle, tu peux pas répondre ? et il referme les portes, qu'est-ce que c'est ?, se demande-t-elle, il est fou, ce mec, elle regarde le bus partir et repense à Anthony qui, à tous les coups, est ailleurs, ce serait trop beau, pourtant elle se plaît à penser qu'elle va le voir, Anthony, qu'il va sortir de son entraînement, il va me voir et on va se parler et puis…

Et puis, arrête un peu, arrête un peu, ma pauvre Christelle, qu'est-ce que tu crois ? Qu'il va sortir du stade comme par magie parce tu es venue ici un peu par hasard, que vous allez vous rencontrer, gênés par l'autre fois, mais que vous allez un peu vous expliquer, ou, non, mieux, ne rien dire, et que tout va recommencer comme dans tes romans à couverture argentée ? Allez, arrête un peu. Prends tes courses, rentre chez toi où William ne va pas tarder à arriver avec un beau bouquet de fleurs, un roman décapant à t'offrir et un super projet pour vous deux et oublie Anthony, conseil d'ami !

Justement, non. Non, je m'arrêterai pas et non, je ne rentrerai pas chez moi, pas tout de suite. Elle tourne effrontément la tête vers le stade et l'aperçoit justement, Anthony, oui, elle le voit de dos. Anthony est là. Comme par magie ! Alors, vous voyez. Mais aussitôt elle se dit que non, oh non, c'est pas vrai, c'est pas vrai, non pas qu'elle soit mécontente de le voir mais, pas là, pas juste là, pas maintenant, s'il me voit, il va me prendre pour une bouffonne, assise là et que je prends pas le bus alors que le bus venait de s'arrêter, il va croire que j'ai fait signe pour qu'il s'arrête alors qu'elle n'avait même pas fait signe, et d'ailleurs c'était quoi ce plan avec le chauffeur ? Je ne lui ai rien demandé, c'est vrai, Christelle, on ne peut plus s'assoir sur le banc d'un arrêt de bus pour se reposer un instant des courses qu'on vient de faire à la supérette du coin sans qu'un bus s'arrête et que le machiniste vous parle d'une certaine Karine avant de faire des remarques comme quoi il y a des femmes, je vous jure. En plus, avec ce sac énorme, là, ça doit me donner une de ces touches, c'est quand même pas de ma faute si les poignées ont craqué tout à l'heure et elle repense à la moitié des courses tombée devant la supérette, le type trop sympa qui sort, ça va aller, mademoiselle ? (« mademoiselle »), qui l'aide, le sourire, mais c'est bien normal enfin, je n'allais pas vous laisser comme ça et elle se retrouve là, maintenant, près du stade et comment elle ne l'avait pas prévu. C'est dingue quand j'y pense. Mais, lui, Anthony, s'il est sorti du stade, s'il l'a vue, qu'est-ce qu'il va penser de tout ça ?

Il se demande peut-être ce qu'elle fait là. Si c'est lui qu'elle attend. Après l'autre matin, si elle n'a pas compris qu'avec mes parents c'est mort, que c'était juste une soirée comme ça et puis avec la scène qu'elle a faite à mon père tout à l'heure sur le parking. Non mais elle est folle, cette fille, elle est complètement folle. Qu'est-ce qu'elle va s'imaginer, à m'attendre comme ça, en loucedé, si ça se trouve elle m'espionne, qu'est-ce qu'elle peut bien s'imaginer d'abord ? Je ne veux pas arrêter le lycée, moi ! Au contraire ! L'option « sport » dans ce lycée, les concours pour l'an prochain, ingénieur, ou la fac de sciences, la recherche, ou autre chose parce qu'il ne sait pas encore mais ce qu'il sait, c'est qu'il veut aller loin. Et elle ? Elle qui ne sait pas quoi faire, elle qui n'a pas d'objectif, de passion, de raisons de vivre, je l'ai bien vu l'autre soir quand elle m'a parlé d'arrêter le lycée, pas besoin de cogiter beaucoup pour comprendre qu'elle n'est pas pour moi, cette fille !

Cette fille reprend alors son sac de courses et elle le porte devant elle comme un carton d'un emménagement qu'elle espère quand même faire un jour avec Anthony. Elle se dirige vers lui sans penser à rien, rien du tout, tirée, attirée par lui, comme si tout ne tenait qu'à un instant, cet instant, elle repense à la soirée, elle s'apprêtait à partir, et puis de le voir, et puis le temps qu'ils avaient passé dans la cour en bas, la discussion qui n'en finissait pas, toujours quelque chose à se dire, elle buvait même un mojito, sans le réaliser vraiment ou alors peut-être avait-il un autre goût, ou alors elle le buvait comme ça, comme elle buvait ses paroles, quand il parlait du foot, et le mardi je fais ceci et le mercredi je vais à tel endroit et il parlait d'avenir, de ce qu'il voulait faire, du sport, des études scientifiques, et de pourquoi il est dans ce lycée, et elle lui parlait de son indécision, elle, puis elle parlait de ses vacances, de sa copine Aurélie avec qui elle était partie à Boulogne-sur-Mer, de la fête qu'il y avait eue dans le seul bar à peu près sympa de cette ville toute bétonnée, un bar à bières où se trouvait suspendue au plafond une vieille moto, des gens trop sympas, de la salle au premier avec ses fauteuils de cinéma et ils parlaient encore d'autres choses et elle se souvient que tout se complétait si bien, qu'il n'y avait pas de temps mort, elle l'avait dit à Aurélie.

Elle court presque, pas facile en portant ce sac devant elle, elle court, d'une touchante maladresse, elle court, Christelle, elle court, les courses, et elle court et elle voit son dos, Anthony, de plus en plus près, Anthony, elle est maintenant très près de lui. Anthony. Elle est peut-être complètement folle mais elle est si contente. Après tout, qu'est-ce qu'elle risque ? Tout, je veux tout, vous entendez. Tout.

Anthony ? Et Anthony se retourne et elle voit sa boucle d'oreille longue et rouge un instant horizontal comme bloquée, en l'air, bloquée horizontalement, une image d'Anthony, surpris, qui ne s'y attendait pas du tout, une esquisse de sourire juste après la surprise, le Oh muet de surprise, la surprise, l'esquisse de sourire, l'heureuse surprise, Christelle. Qu'est-ce que tu fais ici ?, dit-il donc surpris et souriant, ce qui signifie qu'il ne l'a peut-être pas vue à l'arrêt du bus et elle se dit qu'elle est bête, vraiment, et elle ne pense même plus à tout ce qu'elle s'est dit tout à l'heure et elle lui sourit et ses lèvres ne sont plus roses et ses cheveux sont blonds, tellement blonds, elle est rouge de joie, et tellement contente, Anthony. Anthony la regarde en mâchouillant on ne sait trop quoi, on aurait pu croire à un chewing-gum mais on vient de voir une sorte de bout rouge rigide dans sa bouche maintenant immobile mais elle regarde plutôt son maillot de football sous son blouson noir moulant du genre dur à cuir.

Ça ne se voit pas ?, dit-elle avec une fermeté qui la surprend. Elle le regarde franchement, elle y est, elle n'a plus rien à perdre et cette force que ça lui donne, cette détermination, elle peut même dire : Les courses en pointant arrogamment le menton vers la supérette, là-bas, au fond de l'image. Alors il regarde là-bas, au fond de l'image, il n'a pas l'air de comprendre ou ne voit rien ou alors la supérette a disparu comme par magie, comme par magie il est apparu et il se retourne, la regarde, elle est là comme par magie elle aussi, Christelle, il ne doit voir que ses yeux au-dessus du sac énorme maintenant qu'elle a un peu baissé la tête. Les courses, ma mère... Enfin, je fais les courses quoi et elle lui sourit, il sourit, ne dit rien, continue à la regarder dans un silence que d'aucuns diraient gênant mais ils continuent à continuer de se sourire.

C'est qu'ils ne savent plus quoi dire même si on sent bien qu'ils ne voudraient que ça. Au loin, bien loin maintenant, il y a un bus avec un chauffeur excentrique qui remercie à chaque arrêt les usagers qui descendent en leur souhaitant une agréable journée messieurs-dames. Pas comme avec cette Karine qui ne me dit même pas bonjour mais ça il le garde pour lui. J'en profite pour dire qu'il fait beau, il doit être environ seize heures, nous sommes mardi et ils coucheront à nouveau ensemble ce soir.

Anthony lui redemande maladroitement si elle a fait les courses. Sans blague, dit-elle cette fois-ci ironiquement avec le ton de la parfaite insolente même si elle s'arrête, alors il s'arrête, même si elle le regarde maintenant un peu trop tendrement, même s'ils se regardent longuement. Avec le silence, le silence qui dure, le silence gêné, le silence… amoureux ?

Et ton admission ?, demande-t-elle pour briser le silence mais aussi parce qu'elle ne cherche pas à l'éviter, Anthony, au contraire, elle se tient bien face à lui avec un énorme sac de courses entre eux, je le répète mais n'y voyez pas de symbole surtout. Je ne sais pas encore, je… Et toi, tu veux toujours arrêter le lycée ? Ils se regardent comme s'ils revenaient aux quelques heures essentielles qu'ils ont déjà passées ensemble. À leur discussion de l'autre soir. Elle ne sait pas, plus… Christelle. Christelle. Oui ? Tu as vu mon père tout à l'heure… Il m'a appelé. Il t'a dit quoi ? Mais comme elle ne veut pas aborder un sujet sensible, pas tout de suite, elle lui dit juste qu'elle ne savait plus quoi dire et puis, c'était rien avec ton père, t'as vu comment ils m'ont ignorée l'autre matin mais elle ne précise pas que lui aussi. Lui aussi… Tu m'as lâchée, Anthony. Anthony, je comprenais pas ce qui m'arrivait, tu étais là-bas, dans cette sale cuisine, tu me regardais pas, personne me regardait, je me sentais seule, si seule. On continue un peu ensemble ?, dit-il pour couper court. Continuer ensemble ?

21

Celui qui ne sourit pas, c'est bien Joël. Même s'il ne s'avoue pas qu'il ne peut pas vivre sans William, que sans lui sa vie ne ressemble à rien alors même qu'avec lui elle ressemblait à une guerre et une guerre c'est déjà quelque chose, il est mal, Joël, mal, et il se sent tellement mal, avec cette impression de vide, de journée blanche, de tristesse, d'abattement, d'abandon, peut-être cette même sensation, cette même émotion que lorsqu'elle est… partie. Mathilde. Oui, partie, ce sont ses mots à lui, ce qu'il disait à William, elle est partie, ta mère, William, elle est partie, ma Mathilde, Mathilde la morte, et ça lui bouffait le bide et il ne le supportait pas, il ne supporte pas. Cette faiblesse, cette faiblesse… mais ça, il ne se le dit pas.

C'est comme si aller, venir, chercher étaient ou plutôt allaient lui faire oublier, allaient surmonter ce qui te ronge, Joël, au lieu de rester chez toi, dans ton beau petit salon où ne viendra jamais Mathilde la vivante et tu le sais bien et William te quitte et ça aussi tu le sais mais hors de question de l'accepter alors tu marches, tu marches, tu ne sais même plus ce que tu fais, ni où tu vas, c'est à peine si tu sais pourquoi. Parfois, des affleurements parviennent à ta conscience, des souvenirs, des émotions, et cette idée fixe, William petit, William ado, William maintenant, tu ne l'as pas vu depuis à peine deux jours mais tu ne peux l'accepter, qu'il vive ne serait-ce que deux jours sans toi, et tu es seul, seul, seul et ça ne va pas fort pour toi, mon pauvre Joël.

Pour te rassurer, tu te dis qu'il a besoin de toi, ce môme, qu'il ne peut rien faire sans toi, voilà ce que tu aimerais croire mais il est tout de même parti et là c'est toi qui ne peux rien faire sans lui, même si tu essaies de te mentir dans cette rue où tu ne sais même pas où aller. Tu marches, tu marches, tu cherches à perdre le plus de temps possible en attendant… en attendant quoi ? Tu marches, tu marches. Et où sont tes amis, Joël ? Tu marches, tu marches. Et où sont tes collègues, Joël ? Ta famille ? Tu n'as personne, Joël ? Personne ? Tu te fiches des autres, Joël ? Pourtant même si ton orgueil nous dit que tu n'as jamais eu besoin de personne, toi, on ne t'a jamais vu serrer les dents comme ça, Joël, marcher comme ça, Joël, déambuler, tout stressé, et quels sont ces affleurements ? Quelles sont ces soudaines montées ? Ces perturbations que tu connais peu, que tu caches peut-être derrière ta pseudo-virilité, mon pauvre Joël ? Oui, tu serres bien les dents, tu te répètes que tu n'as jamais eu besoin de personne, et tu as beau écarter étrangement les lèvres, tu as beau froncer méchamment les sourcils, ça ne va pas, Joël, ça ne va vraiment pas, même s'il fait beau, même s'il n'y a pas trop de bruit, même si des enfants courent joyeusement. Ça ne va vraiment pas fort, Joël.

Tu passes devant une boutique de téléphones portables, toi, tu n'en possèdes pas, devant un lavomatique à 8€ les 13kg (on se souvient de ton beau lave-linge du chapitre 16), devant un coiffeur « Attrak'tiffs » où tu n'iras jamais te faire une coupe, toi c'est plutôt « Chez Daniel, coiffeur pour hommes » dans le mini-centre-ville près de chez toi, tu es près d'un snack qui propose le döner kebab à 5€, avec des frites, c'est 5,50€, chef !, mais tu rétorquerais bien : Et puis quoi encore ! à cette espèce de Turc dont tu détestes la familiarité. Des Turcs, des Arabes, des Noirs, voilà ce qu'est devenu le centre-ville, te dis-tu pour détourner ton tourment. Et tu marches d'un pas vif et nerveux et assuré et tu te diriges sans le savoir vers un paquet de petites maisons impeccables, lisses, majoritairement marron et sages près de la gare où quelques lots sont encore disponibles. Contact : François Pélissier.

Ledit François Pélissier va justement rencontrer Christelle sur le parking du centre commercial que Joël s'apprête à rejoindre. Il est encore tout à fait nerveux mais lorsqu'il s'arrête au bout de la rue, il regarde le viaduc, le RER, puis il aperçoit une jeune femme qu'il semble connaître. Quelque peu intrigué par cette apparition qui le sort momentanément de ses funestes pensées, par cette présence qui lui permet d'en oublier une autre, il traverse la nationale urbaine à quatre voies, la suit un peu sur le parking, les sourcils toujours froncés et la mâchoire en avant tout en s'activant un peu plus car la demoiselle n'est pas du genre à lambiner.

Elle se met même à sautiller à une ou deux reprises, elle court presque maintenant et, quoique à une distance encore certaine, il reconnaît tout à coup ces cheveux blonds, cette démarche de midinette et puis cette robe, cette robe bleu clair, et là l'esprit joëlien disjoncte vers les années quatre-vingt-dix, vers la Marne où les arbres bruissaient tranquillement, vers la Corse vers ce polaroïd de William enfant à côté d'une chèvre et le moment où Mathilde t'avait dit que… Et puis il s'arrête, l'air hagard, il la regarde marcher à vive allure, se reprend : C'est cette petite peste… cette petite peste qu'a amenée William hier, et il paraît partagé entre la tristesse de repenser à William, la haine qu'il ressent contre cette fille et la curiosité, une curiosité pas du tout gratuite car, en la suivant, peut-être va-t-elle me rapprocher de William, de mon William dont je ne peux pas m'avouer qu'il me manque mais peut-être vais-je enfin savoir où est mon William qui a tant besoin de moi, j'en suis sûr, qui doit se fourvoyer avec cette fille, c'est sûr, évidemment que c'est sûr, elle va me mener tout droit à mon William bien qu'elle aille, je le crains dans ce supermarché Carrefour qui n'est pas du tout le genre d'endroit où se trouverait mon William, peut-être fera-t-elle quelques courses et il se les imagine un instant tous les deux vivant ensemble dans un appartement qui ressemblerait à celui qu'il a connu avec Mathilde car Joël n'a pas beaucoup d'imagination ou Joël ramène toujours tout aux deux ou trois choses qui l'obsèdent.

Ses petites tergiversations s'arrêtent là car le voici confronté à un événement des plus insolites. Joël voit soudain Christelle s'approcher d'un homme bien plus vieux qu'elle. Voilà qui est quand même bien étrange, se dit-il, et il comprend que ce n'est pas net, pas très honnête, ce n'est pas une rencontre familiale ou amicale ou je ne sais quoi car on ne peut pas dire qu'ils discutent normalement. Christelle fait des gestes, de drôles de gestes, elle a l'air agitée, et puis elle parle, elle parle, elle n'arrête pas. Ça doit être un rendez-vous galant, c'est pas possible. Juste à la sortie du Carrefour, c'est d'un chic. Elle cesse de parler au moment même où il ne voit plus l'homme sûrement caché derrière la voiture mais quand il aperçoit Christelle se baisser, il n'en revient pas. Que s'est-il passé ? Comme Joël est dans un état mental assez fragile, il n'a plus de notion d'espace ou de durée. Ajouter à cela une tendance à la catatonie comme son fils l'autre soir, il est plus que troublé. Mais il décide de continuer, il s'approche. Il ne les voit toujours pas. Il attend, il ne comprend pas, pas trop. Où sont-ils passés ? Il ne va pas aller plus loin, il est gêné et il est partagé entre sa gêne vraisemblablement due à une éducation rigoriste qui nous l'a rendu comme ça, Joël, et la curiosité dont ta mère, je te le rappelle, disait toujours que c'est un vilain défaut.

Joël les voit enfin, ils sont à nouveau debout, puis se séparent rapidement, tout ceci est une honte, une honte, se dit-il comme le dirait sa mère et il ne va pas plus loin dans la réflexion, plutôt le réflexe, car les idées de Joël s'arrêtent vite, se fixent rapidement face à toutes les péripéties de la vie et ensuite c'est son caractère qui prend le relais. C'est donc cette fille que William… cette fille que… mais il ne finit pas sa phrase tellement son caractère, son fichu caractère, a donc pris le relais, et il est révolté, Joël. Comme cette fille se dirige vers la droite, vers une zone pavillonnaire qu'il connaît peu, il se reprend, il marche, il va la suivre.

Christelle tourne à droite dans ce qui lui a tout l'air d'être une impasse avec une petite maison sans histoire au numéro 12, portail avec taches de rouille, jardin pelé, porte d'entrée sans pommeau. Elle entre. Joël attend au coin de la rue. Cinq minutes plus tard à peine, il la verra ressortir avec un grand sac en plastique et bientôt arrivera William. Et là, ce sera le dernier chapitre.

22

Chez son père, c'est fini, à Valmor, c'est bel et bien fini depuis hier et l'entretien avec Garnier a paradoxalement renforcé son envie de partir (« tant pis pour l'argent, on se débrouillera ! ») si bien que notre William entre tout joyeux (il a aussi écrit deux chapitres d'une traite cet après-midi à « La Lanterne ») chez Christelle avec un bouquet de roses, un roman emballé et emballant et un projet en tête. La cuisine a d'ailleurs cet aspect d'une cuisine d'été à l'ancienne, ombragée et heureuse, cette bonne vieille ambiance propice à l'annonce d'un projet, quelque chose comme partir dans l'Aveyron, par exemple. L'Aveyron ? Oui, j'y ai quelques vieux amis qui habitent une grande maison commune. Mais chacun a son petit espace et on peut se réunir dans une grande salle si l'on souhaite. Tout autour, c'est sauvage, c'est au milieu des montagnes. Il y a un panorama incroyable. Et puis, je pourrai travailler à *L'Hirondelle verte*, j'ai failli t'en parler l'autre soir, Christelle, et je suis sûr que tu trouveras de quoi faire. En tout cas, il n'y aura plus de lycée ajouterait-il malicieusement. Mais nous n'en sommes pas là.

Nous en sommes aux fleurs qu'il regarde en souriant comme s'il souriait à Christelle. Il a d'ailleurs un cadeau pour elle. Il s'agit de *L'Attrape-cœurs* qui complètera bien sa petite bibliothèque. Il pense à *L'Homme et l'Univers*, il pense aux *Deux Hollandaises dans la tente* mais il ne connaît pas cette mine que constitue pour Christelle la collection des romans à couverture argentée. Jamais elle n'a parlé de ces livres qu'elle lit avec passion, que ce soit l'histoire de Helmut et Mike qui piquent une voiture pour partir à la recherche d'un vieil oncle qu'ils n'ont jamais connu, prétexte à quitter une ville qu'ils n'aiment pas, de ces adolescents qui montent un spectacle pour sauver leur école ou, encore, tiens, tiens, de cette jeune femme qui, amoureuse d'un garçon qui ne la connaît pas, annonce à son entourage qu'elle est enceinte de lui.

William entre dans le salon mais il n'y a personne, il retourne dans la cuisine bleue et pose le tout près du frigo blanc et du poste de radio rose. Il retire son manteau en le baladant dans tous les sens avant de le jeter sur la table dans un bruit feutré et gracieux. Il regarde le bouquet, ah non, c'est le poste de radio qu'il allume et, au moment où il a trouvé de la musique classique, on frappe à la porte. Qui c'est ? Après qu'il s'est retourné, approché de la porte vitrée, tout ça dans un concerto pour clarinette en La majeur, il ne sourit plus, il hésite mais il ouvre quand même la porte vitrée, et, avec son bonnet de docker, sa double chemise de bûcheron, de la même couleur que le pantalon en toile vert olive et son visage pas content, c'est le père Joël qui apparaît. C'est pas vrai ! Si et il se gratte la joue en le regardant, puis regarde ses pieds puis regarde à nouveau William puis entre sans y avoir été invité par son fils surpris, très surpris mais qui s'écarte tout de même sur son passage.

Assez vite, ils sont assis côte à côte dans l'entrée sur cette fameuse console fabriquée jadis par Jean, le père de Christelle et Fred. Ils fixent le sol, chacun à sa manière mais tous les deux semblent impatients et nerveux. Joël se tourne vers William : Qu'est-ce que tu fous ici ? J'attends Christelle. On va… mais il s'arrête. Joël soupire bruyamment puis lui dit de rentrer à la maison en se penchant un peu, son regard cherchant celui de son fils qui ne regarde rien, lui. William plisse les yeux, tourne plusieurs fois la tête : Non. Alors Joël le regarde sans rien dire. Et puis, ça commence : Toute ma vie, tu m'entends, toute ma vie, je me suis occupé de toi. Il ajoute que quand sa mère est… est partie, c'est lui qui l'emmenait à l'école, lui qui le nourrissait, c'est lui qui veillait à ses études mais William connaît la chanson. « Toute ma vie, toute ma vie… » Et toi, maintenant, tu me fuis. C'est mieux pour nous deux. Silence. Nouvelle exaspération paternelle mais plus franche, plus sonore aussi. Tu es égoïste. J'essaie d'être responsable comme tu dis. Joël tourne la tête en respirant bruyamment. « Responsable… » Joël lève les sourcils, il se tourne à nouveau vers lui et il lui dit que c'est un imbécile. Un imbécile, crois-moi. C'est clair que cette fille n'est pas ce que tu crois. Les yeux de William remuent un peu. Et alors ? Et alors, elle se sert de toi. William lui répond qu'il vaut mieux qu'ils ne parlent pas de ça. Tu seras toujours un imbécile, tu as besoin de quelqu'un, voilà tout. Joël va s'énerver. Il va s'énerver, il souffle, il souffle. Ah non, finalement il se calme. Il parle doucement à son fils, non, ce n'est même pas ça, il chuchote, comme s'il voulait qu'il l'écoute vraiment, comme si c'était un enfant à qui on doit chuchoter ce qu'il doit faire afin qu'il le fasse, qu'il comprenne bien qu'il faut le faire. Hein, William ? Mais William lui répond fermement : Allez, dis-le. Quoi ? Tu veux que je rentre parce que t'es seul. Le père hausse les épaules, puis dit que ce sont des conneries, ça. Il regarde devant lui, dehors, au loin à travers la porte vitrée. Tu es désolé qu'on s'entende si mal, William hausse le ton, dis-le, mais dis-le. Son père le regarde et lui demande si c'est de sa faute. C'est de la faute à personne. C'est la faute à cette petite pute, cette petite pute de bas étage. Là, ça chauffe vraiment. Tais-toi et le père se tourne complètement vers lui, il lui dit dans l'oreille que c'est une petite pute en accentuant bien le p. Tu m'entends, une **p**etite **p**ute. Je vais te dire, je l'ai vue aujourd'hui. Je l'ai vue et tu sais quoi ? William le regarde. Elle a retrouvé son amant sur un parking. Un type qui pourrait être son père. Ils étaient planqués entre deux bagnoles, tu vois. C'est dégueulasse, dégueulasse. Une **p**etite **p**ute, je te dis. Ne reste pas ici, **p**a**p**a. Il dit ça calmement même s'il semble un peu inquiet et calmement le père répond : Ah, oui ? Et qu'est-ce que tu comptes faire, hein ? Je te préviens, papa. Tu vas faire quoi ? Il est tout près de lui, l'air défiant. William, lui, n'a toujours pas bougé, il est calme, il ferme les yeux. Je te promets que je vais t'en coller une. Son père est peut-être aussi venu pour ça, une bonne fois pour toutes. Une bonne bagarre, c'est viril, ça ira mieux ensuite. William tourne la tête plusieurs fois, l'air de dire : Je te jure que ça va être ta fête. Depuis le temps, depuis le temps que l'autre le cherche, il le mérite bien, non ? Essaie un peu et William trépigne maintenant, et il se mordille même la langue, essaie un peu et il hésite, et le père dit : Alors ?, et William bégaie, on entend des mots, des bouts de mots puis : Je vais t'exploser la gueule ! Ah ouais, eh bien vas-y. William respire un bon coup. T'as peur ou quoi ?, et William se tourne et lui file un bon gros coup de poing dans le bide. Il n'y a presque pas de bruit, le père s'affaisse. William a osé. Il regarde sa main. Il doute un instant, il doute de lui, de son geste, de ce qu'il a fait.

Joël se tient le ventre, penché sur le plan de travail de la cuisine. Il a l'air d'avoir mal, le bonhomme. William l'a suivi, il est juste derrière lui. Joël se relève peu à peu, il serre bien les dents, il enlève subitement son bonnet (nota bene : belle petite calvitie) et fonce sur son fils le poing en l'air. Ledit fils amortit l'ensemble mais nos deux gaillards tombent lourdement, aïe, aïe, aïe, sur le sol de la cuisine ! Regardez, Joël est sur William et ils se tiennent tous deux par le col. Et pan, William se prend une beigne, il regarde son père, il est furax mais il a du mal à se relever, pourtant, oui, oui, il s'élève, l'élève par le col et le projette contre les placards de la cuisine pas équipée par nos artisans de France.

Et dans cette cuisine qui ne présente aucune ouverture sur le salon, Joël s'élance comme s'il s'agissait d'un match de catch et on l'imagine déjà faire un **CHOKESLAM** à William qui esquive grâce à un **DOUBLE NELSON** afin qu'il abandonne. Mais ça ne se passe pas comme ça. Joël parvient à attaquer la jambe de William et à l'envoyer en bas. Toutefois William reprend rapidement le dessus en écrasant Jojo sur le tablier puis en lui portant un **DOUBLE DROPKICK** sur la rampe pour être dominant durant la première session. De retour, il porte une grosse **GUILLOTINE** avec les cordes sur Wiwi qui résiste mais finit par envoyer son adversaire contre le poteau en lui portant ensuite un **SPINE BUSTER** qui fait trop mal. L'autre ne s'en laisse pas compter, il y va à coups de gros KICKS, puis lui met un bon vieux **PUMPHANDLE SLAM** des familles. C'est alors qu'il lui porte un SUPERKICK dans les règles de l'art jusqu'à ce qu'il brise le tombé. Il s'apprête ensuite à porter le **MAGIC KILLER** mais la mère de Christelle arrive près du portail.

À la voir comme ça, elle semble contente. C'est vrai, quoi. Christelle est revenue, elle est plus sage dirait-on. Même cette robe, cette nouvelle coiffure, ça la change. Peut-être va-t-elle se remettre au travail ? Elle semble plus sérieuse en tout cas. Elles en parleront ce soir et Jeanne s'imagine déjà Christelle ayant le bac, faisant un BTS, elle s'imagi… mais que voit-elle à travers la porte vitrée ? Mais c'est ce type qu'elle a amené et qui se bagarre ! Chez moi ! Dans ma cuisine ! Mais qu'est-ce que c'est ? Elle est tellement paniquée qu'elle ne se demande même pas… sait pas quoi faire… retourne vite fait près du portail rouillé et elle attend là, elle a les yeux grands ouverts, elle regarde un peu partout dans la rue pour trouver de l'aide mais, comme toujours dans ces cas-là, il n'y a personne ! Personne pour m'aider. Personne dans cette fichue rue et elle entend des bruits assourdis dans sa cuisine et elle tente une approche, non, elle se ravise. Et Christelle, où est-elle passée ? Christelle, toute guillerette, porte nonchalamment son sac de courses. Il s'est renversé à nouveau tout à l'heure, Anthony a été surpris, s'est baissé en même temps qu'elle, leurs têtes se sont cognées et… Mais, passée la première peur, et on la comprend, cette pauvre Jeanne traverse à nouveau le petit jardin pelé, regarde précautionneusement à travers la porte vitrée et voit toujours ce désolant spectacle. Oh mon Dieu, quel désolant spectacle. Il y a encore des bruits de casse, des coups, des bruits sourds, des chutes d'objets, tout ça ponctué par de la musique classique. Jeanne pénètre prudemment dans l'entrée et les deux autres, toujours s'empoignant, passent et repassent devant elle, immobile et effarée.

Sur ces entrefaites, arrive enfin Christelle avec son sac énorme de courses. Elle regarde sa mère qui la regarde, qui ne la regarde plus, qui regarde ce que Christelle regarde maintenant, c'est-à-dire ce qu'elle regardait avant que Christelle n'arrive et qu'elles regardent donc maintenant ensemble. Mais ça s'est calmé, semble-t-il.

Jeanne : Cet homme et ton ami, ce William, ils se sont... Christelle comprend ce qui s'est passé. Joël est penché au-dessus de l'évier de la cuisine et William est parti dans la petite salle de bains du bas. C'est la fin du premier round et Christelle se dit que décidément ses journées sont bien remplies depuis trois jours. Elle pose les courses dans la cuisine et dit à sa mère : Je te présente le père de William, sa mère un peu déroutée répond sans doute : Euh... enchantée..., se reprend, lui demande si ce sont des façons, de venir se battre chez les gens comme ça. Ce à quoi il répond qu'elle connaît bien William apparemment puisque vous le logez. Le loger ? Oui, le loger, ce qui comporte des risques comme vous le voyez. Mais c'est ma fille, c'est ma fille qui..., sa fille qui..., sa fille qui n'est plus là. Elle se dirige vers la salle de bains où William, au-dessus du lavabo, cesse subitement de se passer un gant de toilette sur le visage car il l'a entendue, car il sait que c'est elle, c'est elle, c'est Christelle, c'est son amour, mais il ne pourrait pas dire ça, pas encore, il espère bientôt, pas le dire comme ça mais le vivre, le vivre, oui. Il est bien décidé à lui reparler de l'Aveyron, bien décidé à lui parler de cette maison commune, de *L'Hirondelle verte*, de lui dire qu'elle y trouvera sa place, qu'elle n'a pas besoin du lycée, non, il lui donnera des livres à lire, les bons, pas de temps à perdre, et puis, tu verras, on sera libres, libres et je terminerai mon roman, alors il sourit et il lève la tête avec un regard curieux et rassuré.

Ça va ?, entend-il. Il sourit, il se lève un peu, on s'attend à : Oui, ça va mais il dit : On va partir. Il sourit. Elle dit : Quoi ? avec une intonation étonnée. Il le répète, « partir », un peu nerveux, un peu trop enthousiaste et Christelle le regarde en silence. De quoi parle-t-il ? Son visage éclairé, ses cheveux blonds et attachés, ses yeux verts. C'est rien avec mon père, il va rentrer chez lui. Et Christelle pense qu'elle va rejoindre Anthony tout à l'heure à « L'Abadidon », un nouveau café à Paris, elle regarde William comme elle regardait Anthony tout à l'heure, mais c'est un négatif d'Anthony. Anthony, lui, rentre chez lui, tout content.

Il repense au moment où ils se sont embrassés. En tournant dans la rue, le sac a à nouveau craqué, c'est Anthony qui le maintenait et elle lui a dit : Mais quel boulet ! sans qu'il sache si elle parlait du sac ou de lui et ils se sont baissés et se sont cognés la tête, ont dit : Aïe ou Ouïe ou n'importe quoi exprimant la douleur puis la connivence mais c'est ensuite autre chose qui s'est exprimé quand ils se sont embrassés. Juste après, Anthony lui a tendrement déclaré qu'il était désolé pour l'autre matin. Il n'est pas le même quand il est avec ses parents, il ne sait pas pourquoi, c'est comme s'il se sentait obligé d'être un bon fils, de jouer ce rôle, d'être un jeune homme exemplaire et c'est toujours plus fort que lui. Cette Edwige, par exemple, je... Ou il ne dit rien. Il la regarde. Il lui dit juste que c'est superbe qu'on se retrouve. Scène intense de retrouvailles, d'amour pas perdu, d'avenir à deux. Christelle sourit. Superbe.

Christelle sourit. William aussi. Il est heureux, il s'imagine que ça l'intéresse, Christelle, elle sourit, Christelle est heureuse aussi, elle pense à Anthony, à ce qu'ils se sont dit tout à l'heure après s'être embrassés, elle est heureuse pour William aussi, il s'est bagarré avec son père mais il va « partir », William l'a dit, il est sûr de lui, elle aime sa détermination, son assurance, alors qu'elle est toujours un peu perdue question avenir, elle. Mais elle a retrouvé Anthony, elle est trop excitée ! Quand je pense que... Pendant ce temps, dans la cuisine, Joël parle de sa fille, de la fille de Jeanne. Il dit qu'elle est complètement délurée, cette femme, mais Jeanne ne comprend pas bien de qui il parle ni pourquoi. Ce qu'elle comprend, en revanche, c'est qu'il utilise des termes comme « délurée » sûrement pour l'impressionner et un homme qui cherche à l'impressionner, ça l'attendrit, Jeanne, ça excuse même la petite bagarre qu'il y a eue chez elle. Et maintenant elle comprend mieux, mais si, c'est sa femme qui est « délurée », elle ne connaît pas ce mot mais ça doit vouloir dire qu'elle n'est pas responsable, sa femme, ça explique le comportement de son fils. Il est sans doute divorcé, lui. Oh ce n'est pas bien grave, vous savez, lui répond-elle. Sur quelle espèce de dingo je suis encore tombé moi, se demande alors Joël. Vous voulez boire un verre, demande Jeanne et elle sourit et Christelle sourit à William. Elle est contente, si contente, ce soir elle va voir Anthony. William, lui, c'est le panorama. Quoi ? Ah oui, c'est son « projet ». Elle répond que oui alors même qu'il n'a pas posé de question, elle dit que ça doit être beau, « superbe » ose-t-elle même prononcer parce qu'Anthony l'a dit tout à l'heure. Contempler le panorama, écrire dans le journal, les balades, oui, « superbe ». « Superbe », Christelle. Et puis je pourrai finir mon roman. Dit-il.

publie.net est une maison d'édition de littérature contemporaine ancrée dans la création qui s'écrit et se partage sur le Web, ouverte aux oeuvres qui lui font écho dans tout l'espace littéraire et transmédias.

À partir de ce vivier, nous développons des objets éditoriaux diffusés par des canaux divers (livres papier, livres numériques, réalisations sur le Web) et portons ces oeuvres dans l'espace public, les lectures et performances, la médiation et les bibliothèques. publie.net est géré par la société éditrice Créateurs & Associés, et intègre des processus coopératifs avec de nombreux auteurs.

Dès sa création en 2008 comme plate-forme de publication en ligne lancée et portée par l'écrivain François Bon, publie.net a occupé une place à part dans le paysage éditorial francophone. Notre engagement en faveur d'une littérature inventive, consciente de ce qui l'a précédée et parlant à chacun, prend de nouvelles formes.

publie.net aujourd'hui c'est :

– une offre resserrée de 25 titres par an pour permettre un accompagnement éditorial et un portage accrus des livres que nous publions ;

– des livres papier de qualité et des livres numériques sans DRM au prix d'un livre de poche ;

– une nouvelle formule d'abonnement permettant aux bibliothèques de mettre les fichiers numériques à disposition de leurs lecteurs ;

– une édition exclusivement à compte d'éditeur avec une rémunération équitable des auteurs y compris pour les revenus issus des abonnements ;

– des événements autour des livres de nos auteurs dans de nombreux centres culturels et librairies et une présence dans des salons et lieux de médiation.

Portées par une équipe éditoriale passionnée, les éditions publie.net oeuvrent à la reconnaissance d'une création contemporaine de qualité.

Profitez de la version numérique,
sans aucun frais supplémentaire

Puisque chaque support [web, numérique, papier] implique une lecture et un rapport au texte fondamentalement différents, chez publie.net, nous avons choisi de conjuguer les expériences, plutôt que de les opposer les unes aux autres. Aussi, profitez de la version numérique de cet ouvrage, sans frais, en vous rendant sur la page du livre sur le site.

Pour cela, suivez les étapes suivantes :

- rendez-vous sur https://publie.net
- **recherchez cet ouvrage** par son titre dans le moteur de recherche
- repérez les **options sur la page du livre**, à côté de la couverture, ou dessous si vous êtes sur mobile
- choisissez dans la liste Version **l'option "numérique"**
- **ajoutez au panier**
- rendez-vous dans votre panier, et **passez commande**
- dans la page de commande, cliquez sur **"entrez le bon de réduction"**
- **inscrivez alors le code** 8wBa95BFi
- **appliquez-le**
- enfin cliquez sur **Paiement**.

L'ouvrage sera désormais gratuit et vous pourrez le télécharger après validation de votre commande et réception de l'email de confirmation.

Imprimé en France
FROC021625180619
21422FR00012B/14/P

9 782371 775817